偷

LIVE
SECRETLY

生

小饭

著

浙江人民出版社

图书在版编目（CIP）数据

偷生 / 小饭著. — 杭州：浙江人民出版社，
2022.1
ISBN 978-7-213-10378-0

Ⅰ. ①偷… Ⅱ. ①小… Ⅲ. ①长篇小说－中国－当代
Ⅳ. ①I247.5

中国版本图书馆CIP数据核字（2021）第238183号

偷 生

小 饭 著

出版发行：浙江人民出版社（杭州市体育场路 347 号 邮编：310006）
　　　　　市场部电话：(0571) 85061682　85176516
责任编辑：潘海林
策划编辑：周海璐
营销编辑：陈雯怡　赵　娜　陈芊如
责任校对：姚建国
责任印务：刘彭年
封面设计：潘　柒
电脑制版：济南唐尧文化传播有限公司
印　　刷：杭州丰源印刷有限公司
开　　本：880 毫米 ×1230 毫米　1/32　　　印　　张：10
字　　数：186 千字　　　　　　　　　　　插　　页：3
版　　次：2022 年 1 月第 1 版　　　　　　印　　次：2022 年 1 月第 1 次印刷
书　　号：ISBN 978-7-213-10378-0
定　　价：48.00 元

如发现印装质量问题，影响阅读，请与市场部联系调换。

自　序

你会因为一件你没有处理好的事耿耿于怀吗？会因为一个错误的行为或决定长时间地不间断地困惑、囿于其中吗？

会因为无法改变过去感到无力和沮丧甚至绝望吗？

我觉得凡人都会有，区别就是程度深浅。

天生敏感的人，就倒霉一点。

多年前我也经历过这样的事。

这当然非常非常糟糕。

负疚感是一种特别大的负能量。但没有也不行。羞耻感是体面的亲戚。没有羞耻感，你就不会变成一个体面的人。没有敬畏感，你就不会成为一个虔诚的人。

就是为了书写这样的情绪，我编了这样一个故事。

我要写那个为了过去的错误决定，自责、不安，又无法往前走的人。

故事有点绕，且由于第一人称写这一类故事，还有点笨拙。

写作过程中那多老师给予了大量指导。我本想写一个犯罪推理小说，但那多老师指导了一阵子，认为我不是一个好学生，所以这玩意儿就不是一本犯罪推理小说。

请读者猜谜这件事，我也算费了一番心思，但实在编得很苦。

不知道读到一半能猜中结局的朋友有几个。

有几个算几个，肯定都是我的知己了。

写作过程中我还看了一些小说，其实都在故事里提到了。

《人性的污秽》。

《罗杰疑案》。

这两本书也给了我很大的启发，但我只在很小的地方勉强塞入了它们的书名。

写作过程中我还使用了一款朋友开发的新软件，叫"我来"，功能很强大，我只探索了沧海一粟，已经深受其益。

这是我第一次使用 txt 和 Word 之外的软件写作。我认为所有的尝试都是值得的。

我的责编小璐子是我见过最可爱的编辑之一。由于我也做过十多年编辑，认识她之后，我反思了自己的职业生涯，认为还有很多地方可以进步，向她学习是必须的。

她还曾经有一个搭档，他俩属于人中龙凤，一起帮助我完成了这部或许还很不成熟的作品。

不成熟在一些人眼里是缺陷，在父母眼里，那是迟早会长大的一个过程。

我今年虚龄四十，常常觉得自己还很幼稚。

《神探》中提到，人的内心中有很多角色，或者说，一个人是很多角色的累加和总和。

所以看待一个人不要那么决绝。

看待自己也是。

小说中的主人公用一次"献祭"来救赎了自己的过往。

说实话，都把我自己给感动了。

这也是我第二次对故事里的人产生了血肉相连的感觉。

生活中，但愿一切不要那么惨烈。

2021 年 6 月 21 日

写于康桥

这一切仿佛是一场梦，醒来之后依然很感动。

人会在什么情况下复仇呢？

在走投无路、前途渺茫的时候。

我并不是为了复仇而感动，我是为了牺牲，自我感动。

第一章

1

1998 年，我 13 岁，阿芳 16 岁。2012 年，我 27 岁，阿芳 30 岁。阿芳永远比我大三岁。

19 岁的阿芳曾经跟我约定过，如果她 30 岁还没结婚，就要跟 27 岁的我结婚。当时我也正在状态中，稀里糊涂同意了。

可是，后来阿芳结婚了，她就再没有说起这个约定。

所谓儿戏，童言无忌，不过如此。

为什么会约定 2012 年呢？因为小时候我们一起看过一本书，书上说，根据玛雅历法，世界末日是 2012 年 12 月 22 日。那时我觉得 2012 年很遥远。

"到了世界末日，咱们就结婚吧，如果你那时候还没结婚的话。"

这是阿芳的原话。

后来她没有记住她的话。或者她记住了，但不想提起。

我是记得这句话的，但我也不想再提起。

当 2012 年过去时，我在网上又看到一个新的说法，说世界末日改到了 2020 年。

"2020年几月几号？"阿珍问我。

"也是12月22日。"我说。

"那就是下个月。下个月就是世界末日。"阿珍高兴地说。

可我没什么可高兴的。

世界末日已经欺骗了我一次，我不会再相信这说法了。不光我不信，我看大街上车水马龙，新闻里人们还在谈论房价和股票。这不是世界末日的景象。因此，无论是那个玛雅历法，还是后来网上的新的说法，都属于歪理邪说。

歪理邪说谁都会，我还听说过一个：如果人都仅仅因为衰老和疾病而死亡，那么人类将铺满整个地球。自私的基因将会保证大量的人类出生。到时候地球会不堪重负，人类将陷入混乱、无序，以及无望。必须有一种办法有效帮助人类内部减员，代表着"大爱"，代表着"正义"——那就是杀人。所以杀人犯也是人类的"有益菌"。更别说杀人犯本身就是人了。

因此，我若成为一个杀人犯，并不会让自己对自己产生憎恶，无法原谅。

如前所述，我已经为自己要杀掉对方、让自己成为一个杀人犯找到了歪理邪说。如果前面这个歪理邪说还不足够，我还有一些"必要""合理"的补充：没有人是彻头彻尾的好人或者坏人。好人也会想杀人。

因为恨。满满的大写的恨。咬牙切齿的恨。压抑了一个人全身上下的恨——这会让一个"好人"产生杀人的动机。

她为什么要这么对我？为什么？

另一本书上说，一个人感到愤怒，想杀人，是因为他受到了无法接受的不公平的待遇。

当初，我那么难，那么苦，那么痛，那么无助，但我为了她，一切都忍了。她怎么能这么对我？怎么能？

我照了照镜子，镜子里的我，看着像是我本人。气质上略有区别。但他应该跟我同岁。我今年35岁。他一定也差不多。

他沉默不语。但我能看到他一脸的怒气。

我们对视着。

水龙头正在唰唰地喷涌。在我眼里，水忽然变成了红色。是因为愤怒才这样，还是因为这样了我才更加愤怒？

她怎么能这么对我？

"仇恨会因为一个人的死亡而结束吗？如果是就好了，但我觉得不会。"

"我知道，仇恨并不会消失。仇恨依然会伴随着我，我想我死后也许还会在某个地方与她相见，那时候我们依然会仇恨彼此。"

"也许你们不会再仇恨彼此了。"

这样来来回回想着，但我不能再犹豫了。

我想杀的人，她是我的婶婶。

很遗憾我现在手上没照片，不然挺想给大家展示一下。如果是过去的照片，像素可能不那么够，你无法看到我婶婶年轻的细节，但这完全没问题，我是想说她年轻时候的好看，是不用置疑的。现在她不再是少女，但依然风韵十足。

我可以稍稍描述一下她。我的婶婶今年 38 岁，已经算不上妙龄，但却并不需要特别的保养。哪怕她长期晚睡、酗酒，依然保持一个光鲜的形象。我相信她并不用劣质化妆品。

我的婶婶才比我大三岁。并不需要惊讶，我叔叔找了个年轻老婆就是了。你以为这是一种幸运，但根本不是。他们的婚姻并不幸福。

我这个"年轻"的婶婶不简单，在她 21 岁那年，她毒死了我的母亲。这件事她知道，我知道。其他人大概还不知道。我们互相保守了这个秘密，直到今天。

毒杀了我母亲几年后，我记不清哪一年了——或许也没想记起来——不知何故，她嫁给了我叔叔。我想问原因的，但一直没有合适的机会问。不问也好，知道了未必是什么好事。

这个道理我还懂。

按理，作为我的杀母仇人，我应该恨她。咬牙切齿地恨。但我对我婶婶的感情比单纯的恨要复杂得多。

婶婶阿芳，她现在是我家对面梦辉酒吧的妈咪。她手里有一众小姐姐为她招揽生意，为她喝酒，为她卖笑。她因此能从每一个来光顾生意的客人身上抽一笔不大不小的钱。

婶婶这些年靠这个生活。应该说混得还不错。

我有个女朋友，我叫她阿珍。她出生在 S 市周边的一座小镇。一个小镇姑娘该有的，她全都有。

我对阿珍的一切都很满意。如果你不追问我的话，我对上面这个判定很有信心。直到有一天我发现了她身上的一个秘密。

每个人都有各自的秘密。不想被人知道的秘密。一旦被别人知道就会无地自容的秘密。有些秘密令人难堪，有些秘密之所以成立，偏偏是因为不可告人。

我发现了阿珍身上的秘密之后，她做出了一个"艰难"的抉择，她居然想到要去我婶婶那边上班。

说是上班，其实是下海。这让我无比愤怒，无法接受。

阿珍这个想法，怎么说呢，既让我的自尊心过不去，又暗合了我心中的某种想象，配合了一个念头。有些念头是突发奇想，有些不是。有些看上去是，其实并不是。

这不是在梦里。梦没有这么真实。环顾四周，我信了自己，因为我发现了颜色的存在。红色的烟盒，黑色的打火机。据说梦里是没有颜色的。梦里只有黑白。所以这不是一个梦。

我要去杀人，不是在梦里。杀掉我的婶婶，这就是那个我原以为是突发奇想而后来发现是深藏已久的念头。

现在，我的计划，简单地说，第一，是先杀掉我的婶婶；第二，再烧掉梦辉酒吧。

而烧掉梦辉酒吧，首先是让阿珍无处可去……她休想去一个酒吧上班，去当卖酒陪酒的小姐姐。不可能的。我怎么可以让我女朋友去这种地方上班呢？

其次，如果我成功杀掉我的婶婶，烧掉梦辉酒吧就可以帮我掩盖真相。无论好人还是坏人，在干了坏事，比如说杀了人之后，他们都会萌生脱逃罪名的念头。火，可以覆灭很多痕迹的。你我都了解。我比你更了解。这个计划目前来看还不是完美的，我还需要一些其他的帮助。但我知道，人一定会成为那个你想成为的人，而尽一切努力去做一件事，你就有很大可能会做好它。

可惜杀人是犯法的。我会被通缉。我会被逮捕。我会坐牢。如果我在梦里能杀掉我想杀的人，那就好了。梦醒后，现实中的我不用为梦里的那个杀人犯负责。

有一个动画片叫《刺客伍六七》，能找一个刺客也行。我想找到那个男孩去帮我杀人。但我估摸着我请不起杀手或者刺客，再说也找不到这样的人，这在我能力范围之外。那个活儿，有人干起来一定开价挺高的。而且这种人一定很神秘，很难找。

必须得自己来。

2

穿过那条马路，就是梦辉酒吧，我要杀的人就在那里。假如我是透视眼的话，我就能看见她。假如我是预言家，我觉得她马上就要死了。

但说实在话，我还在犹豫。这是我看上去心事重重的原因。我既担心后果，也惧怕过程。

我没有杀过人，也不知道几个小时之后，这个事实会不会被改变。哪怕最凶恶的杀人犯，在成为杀人犯之前，我猜想他们内心深处，应该也跟我一样犹豫，心事重重，在担心着什么。

我写过杀人，也表达过"看不上激情杀人"的类似想法，但聪明的读者读起来，那个杀人过程完全就是我空洞的想象，很浅尝辄止。而对杀人犯的共情，不仅显得潦草，还显得荒唐。

我想象的来源大部分是影视剧和案件聚焦这一类电视节目，无怪如此。

今天，我想我终于能体验到一个人去杀另一个人，至少能体验到在动手之前的所有情绪。

我拎着两罐"鸡汤",尝试把它们塞进我的裤袋,没有成功,有一个裤袋差点成功,另外一个很明显不太容易。放弃了这个想法之后我只能继续拎着它们。

下楼,我很小心。

另外一边的裤袋里我藏着一把刀。尽管我是用了很多纸巾包着它的。那原装的刀套已经不知道去哪儿了。这把水果刀锋利得很……

我控制住自己往这个方向继续想象。那让我快活。

现在我只要过一条马路就能到我的目的地。此番旅程,如前所述,我已经做了颇多准备。尤其是心理建设。

这事儿到底能干不能干,值不值得干,干了之后会怎样,一切都不那么确定,但必须试一试才知道答案。

如果我做完这件事,又没人能发现……对,我只要做到没人发现就行了,那么这件事的所有后果就不存在了。

我对阿珍的承诺,也就完成。从此往后,遇见阿珍,我都会自豪地跟她说,我答应你的事,我做到了。

"你没地方可去了。你无法变成一个坏女孩了对不对?"

但结果通常是我在监狱里,阿珍来探视我。是在那样的情境下我们有了这样的对话。

这样想着,我继续犹豫。

下楼后的我仔细研究了路线、灯光和树木,尤其是摄像头。我无法允许自己做一个愚笨的凶手。只要做到足够小心,那么不管结局怎样,我对自己也算"负责"了。

可是我刚要过马路，一个戴着英国绅士帽的中年人就出现了。还他妈的大半夜的戴着墨镜。

是个盲人吗？是个盲人夜里就别出来蹦跶了行不行。

"嗨，哥们。"他跟跄着跟我打招呼呢。"Hey，Man！"他还说起了一听就很蹩脚的国际通用语言。

我看了看他，觉得被打扰了，心生厌恶。我人生中如此重要的时刻，你来干啥。

"你这是自加热鸡汤吧？"墨镜摘下，他眼神来到了我两手各握一罐的"鸡汤"。糟糕，被发现了。

我当然要装作没看到没听到，于是没回答他。我希望他马上清醒，意识到在这样的夜里打扰一个陌生人是不那么英伦、那么绅士的。

"能不能，卖给我，哥们，朋友？"戴着英国绅士帽的中年人说道，"同志，能不能？我想喝点鸡汤。"

我实在无法拒绝跟他交流了，就瞪了他一眼。我意识到自己任务在身，随即缓和了紧张的眼神交流，只是抿嘴摇头。

但是这个中年男人喝多了，他笑呵呵地拿出手机，说："微信转账，一百。成交吗？"

确实很有诚意了。这个"鸡汤"超市就卖三十多。但我指了指斜对面的便利店，说："那就是超市。"我的语气说不清有多冷淡，但拒绝的意思很明显。

中年男人说："这东西那个便利店没得卖。我知道。我太知道了。"

看来是老客户。这本来值得我高兴，至少为我的朋友高兴，但气氛和情境不允许我这样。

"我不能卖给你，兄弟。这里面不是鸡汤，是汽油，是汽油，你喝了你会烧起来。整个人烧起来。你可想变成一个英伦火人？"

我当然不能这样说，面对这样的酒鬼，我不认为那是合适的说辞。这只会让他更兴奋，更难摆脱。

我说："不是鸡汤，里面是啤酒。"

"嗨，啤酒。你可真逗，用鸡汤罐装啤酒？"

"精酿，精酿啤酒。"我说，尽量显得礼貌，"对面那家酒吧打的外卖。"

确实是这样，那家酒吧有这个业务。那台外卖精酿机，虽然我看生意不怎么样，但有就是有。它存在，我就可以利用它的存在来帮助我，帮助我摆脱现在的困境。

那中年男人感觉不可思议。一个喝大发的人，世界都是他的，能让他产生这种不可思议的表情，是我的灵机一动。

"行，哥们，你很有创意。你应该做设计师，去设计我们的世界。"他探头看了看"鸡汤"罐子里，果然没有鸡肉，就是"啤酒"。月光加上路灯，都不足以让他分清鸡汤和精酿啤酒有多少差别。

"我也想设计我们的世界。哥们。"我笑嘻嘻地跟他作别。刚想沿着斑马线走向对面的梦辉酒吧，我就突然意识到我这样会暴露在监控中。做足了功课的我已经知道这附近的监控都被"偷偷"放在哪儿了。

那就重新来过吧。我改变了行动线路。但做贼心虚，我总觉得除了监控摄像头之外，还有一双眼睛在看着我。

还有一双眼睛在看着我。

我不停回头，但没有人影。我停下脚步，坐在一棵大树下，点燃一根烟。黑色的打火机，现在用来点烟，待会儿用来点火。

我想，如果这个人真的在盯着我，他会因为我的这个举动感到懊恼和麻烦。那是我对他的示威。别跟着我。我用行动告诫他。

两根烟抽完，我才站起来，握起两罐"鸡汤"，继续出发。

必须从后门进入梦辉大楼，必须走的是楼梯。楼道里一片黑暗，我知道只要我咳嗽一声，声控灯就会给我回应。但我不想那么做。

我又犹豫了，一屁股坐在楼梯上。

楼道里一般都没有摄像头。这个事儿我和我前女友讨论过。是前女友，不是阿珍。

没有摄像头的空间，让我感觉安全。

放下"鸡汤"，我用手捧住自己的脸，用两根食指给自己的鼻梁做着按摩，并做了几次深呼吸。

手机突然震动了一下。

"还要多久，我待会儿还有事。"

3

"还要多久，我待会儿还有事。"

她在等我。并且催促我赶紧过去。赶紧过去杀了她。

她很着急死吗？

我看着消息，咬了咬牙，给自己最后鼓一次劲。希望别在这里功亏一篑。

突然从楼梯另外一边，不知道哪个房间传来一声大叫，紧接着是一个感叹："爽！"

然后又是一连串的感叹词，难以书写。

爽什么呢？

但这一声可把我吓了一跳。做贼心虚，做杀人犯更好不到哪儿去。我突然觉得这也不是什么安全的地方。有人。

于是马上继续前进。

又上了几层楼梯，终于到了我的终点。现在唯一阻挡我的，就是这扇门了。我推开它，然后一切就开始了，一切也结束了。

可是当我推开门的时候，我骂了自己一句笨蛋。此时此刻，我的手里应该有两罐"鸡汤"，所以我应该是用手肘去推开门而不是用手掌才对。

两罐"鸡汤"被留在楼梯间里了。

一切都泡汤了。

当然，我还有一个"武器"，或者说我的"作案工具"。我摸了摸裤袋，那东西还在。但是光有那个东西，我的计划就只能实现一半，没办法完美地呈现。

难道这就是天意，让这件事不那么完美？

"总算来了啊，迟到这么久。约的十二点，你自己看看现在几点了。"她见我终于来了，埋怨道。

我的婶婶，是的，我来了。我来送你去见我的妈。

"路上遇见了个酒鬼。耽误了。"我说。这是事实。

"酒鬼怎么你了？是打你了还是骂你了？"

"都没有，就是耽搁了一会儿。"

"那难道是你打他了？"她笑着说。在她眼里，我是不会动手的人，所以她笑着问，甚至有些嘲讽的意味。

我笑不出来，就没回话。自己找了个沙发坐下来。

"喝点什么？"

"水就可以。"我说。"精酿啤酒"落在楼梯间了。我想。

"要不弄点啤的吧？"

"不喝了。就聊事。"

"行吧，你说。"她点燃一根烟，坐到了我对面。坐在我的对面的，是婶婶，像妈咪，是妈咪。但我知道她是我的谁。

她用非常"正面"的方式看着我，却看得我很不自在。心里有鬼的我只能眼神游移起来，看看房间的装修，看看天花板和灯具，诸如此类。

"看什么呢？"婶婶问我，"像第一次来一样。"

当然不是第一次来了。我收起了我的观察力。"我叔叔，他有点麻烦。"我像是鼓起勇气说的。

"我知道，他出院我帮他结账才知道，他这几年混账得很。住院费手术费大头都是我垫的，现在也一时半会儿要不回来。等报销吧，他居然还没医保，只能去想办法托人补办。真是傻子。"婶婶说，"你们一家都挺傻的。"

她这么说我当然不高兴。但面对事实，我也无话可说。

又沉默了一阵，没办法直入主题。虽然我和她对主题的理解此时可能不太一样。

她的主题是嫌我，嫌我叔叔，嫌我们傻。我知道她在这个主题下可以发言很久，满腹牢骚。但在我的主题下，我的问题是我该从哪里开始。当然，我已经大致有数了。

她会尖叫，还是呻吟？她到时候会用什么样的眼神看着我？在我依然控制着她，甚至捂住她的嘴不让她去大声求救的情况下。

但我的最大问题依然是我的犹豫不决。

"你是不是真的去做专车司机了？"她突然问我，打断了我的思路。

我不说话。我想那天她确实看到我了。就像我也看到她了一样。

"那你干吗取消嘛，不接我的单子啊。我都觉得那是缘分。你就这么不在乎缘分？"

"看到是你，我也……"我想了想，放弃了缘分这个说法。当时挺意外的，但更多的是别的情绪。我说："但你当时身边不是有人吗？"

"怎么了，怕尴尬？"她又笑着说，依然带着一丝嘲讽。"我看你还是那个童子鸡。有什么尴尬的，都过去这么多年了。你有啥可放不下的。童子鸡。"

"不要这么说我了。"我低下头，却轻声警告道。我已经这么做好几次了。

她好像又意识到自己犯了一个总是会犯的错一样。

"是不是终于觉得生活很难？要挣钱？"再一次切换了话题。

我沉默认可。

"所以现在理解我一点点了吗？"

她所说的理解，是指让我理解她做这一行的无奈吗？

"不是，我主要是有女朋友了。一个人其实还好。有女朋友，总想让她吃得好点，用得好点，希望能带她出去玩。"

我有女朋友的事之前已经跟她提过了。令我难受甚至有点难堪的是，她居然不怎么关心这件事。当时她甚至没有问我任何一个有关我女朋友的问题。好在这次终于问了一个。

"她不上班吗？"

"不上班。"我诚实回答。其实我想说，她想来你这儿上班。但这话说出来更荒唐。我是不会允许的。不会允许她来，也不会允许她知道。

"我那天那个。"她也说得有点犹犹豫豫、遮遮掩掩，挺难得。"就是这里的老板。梦辉的老板。那天他在其他地方喝多了，非要我过去。非要我去接他。老板，没办法。你懂吧？"

干吗跟我解释这个呢？可笑。我不想知道这些，或者说我假装不在意这些，所以没接她的话。

"说回你叔叔吧。我现在管不了他。我帮他垫付医药费就够可以的了，你说呢？你知道，我也没什么义务去管他。我又不欠他什么，只有他欠我。我跟他各过各的这么多年了。他也装上了假肢，跟没瘸一样。除了走路有点难看，生活挺正常的。马上就会有残疾人补助金下来，虽然不多，慢慢积累吧。那些债就让他慢慢去解决吧。"

"我知道，但我是不是得管管他呢？毕竟我叔叔。"

"是你叔叔，但人家要债也不会要到侄子这里那么狠吧。你自己开开专车，照顾照顾小女朋友足够了。哎，你们家都……"她看了我一眼，仿佛马上要再一次犯错。"还都说不得。我一说他，他就跟我急。"

"他欠了不少钱。他想还。不还他难受。"我说。

"可他能还吗？天天就知道玩牌。你道行有人家深吗？还出去玩，越玩越大。他有那个本钱吗？"

"我叔叔他都瘸了，你就当可怜他不行吗？别说他了。"

"瘸了不是还在玩吗？我看他就住院那几天没玩。有腿的时候没少玩。不是吗？废了。这辈子他废了。"

"废了？谁不是呢？"我说。我的意思是，你也废了。但我这会儿没资格这么说。我也不知道将来，她能做什么。一个酒吧的妈咪，老了，会怎样。不对，她活不过今晚的。本来她活不过今晚的。

但我突然觉得我想杀人这件事特别特别荒谬。跟现实相比，杀人特别荒谬。

一个皮球开始泄气了。一旦开始泄气，那就一泻千里。

此时此刻，如果我还想把站在我对面的这个人杀了，就特别好笑。有这个念头就特别好笑。我摸了摸裤袋，然后我就笑了。

看见这么一个活生生的人，我认识了几十年的人，我怎么下得了手呢？哪怕她……算了，我不提了。

反正我笑了，我认为自己把自己给拯救了。我不会成为一个没有回头路的杀人犯。

"谁不是呢。谁都会废了的。"我爽朗地说，相比死去，废了还真可以轻松面对。这样一句悲观的话，我居然是微笑着说出来的。

她见我笑着说这样的话也感到奇怪，或者是因为她好像被我问到了点子上——她觉得是我在暗示她，她的人生也没有阳光灿烂。

"反正我啊，感觉我出生就在弯路上，一辈子都在走夜路。又弯又黑的路。"果然如此，她接了我的暗示。

"哪里有一辈子，夸张。"我说，然后把她递给我的啤酒打开，喝了一口。本来不打算喝的。

现在我的未来仿佛不用在大牢里度过，很开心，值得喝一杯。

劫后余生。

"你知道我恨你吗？"我问。其实我想问的是，你知道今晚我其实准备杀掉你吗？

"不知道，我只知道你不喜欢我。或者严格地说，不那么坚定地喜欢我。"婶婶的表情，仿佛是说"你说这个干吗"。

于是不知道怎么往下说了。

"我做过的事我从来都是认的，你知道。没做过就是没做过。"她说。

"怎么了？"我问。话题转得有点快。

"哎，俱乐部里有个妹子，说我害了她。说我串通客人往她的酒里下药。她因为喝蒙了，大概被人欺负了吧。她就说是我串通了那个客人。那个客人呢确实是我的熟客，也喜欢她，但我不做这种事。客人泡到这里的妹子，都是他们自己的本事，我最多就是给个电话给个微信什么的，除此之外我可爱莫能助。要我往妹子酒里下药，我不会做。"

我惊恐地看着她。下药，是我的禁词。她说了两遍。

下药，就是下毒。下毒药。

她也知道，便好像发现了我的惊恐。她想了想，又说："我做过的事我从来都是认的，你知道。"

"知道的。"意味深长。我确实知道。

她当年承认毒死我的母亲，现在她不承认给自己的"妹子"下药。

换句话说，在她承认了毒死我的母亲之后，所有她否认的事情，我都应该相信她确实没做过。

你是不是真的没给你的妹子下药我不关心。

你毒死了我的母亲，就这件事，这么多年了，你至今没有为此道歉。

我看着她，她看着我。我本来觉得这件事该了结了。

但我刚刚劫后余生，还来不及庆祝。你为什么要提醒我这一点？

一分钟后我夺门而出。

她没有拦我。她也没有资格拦住我了。也拦不了。

我没有回头，毫无必要。

但不知道过了多久，火苗应该就是从我身后蹿了起来。

4

有几年曾有一个问题很让我困惑：火到底是属于物质，还是现象？

那时我已经上了初中。个头还很矮小，喜欢思考。我怀疑是我个子矮小让我选择思考。一个小个子也不能干别的。金木水火土，只有火，看得见，摸不着。这是什么玩意儿？我想。虽然摸不着，但你能感受到炽热和滚烫。真是莫名地刺激。

到了冬天，我更渴望火。我从家里偷出了火柴盒，搜集了很多塑料袋和木头。如果周遭没有人，那我家后面的小弄堂里是个好选择，那里没有风，是适合孕育火的场所。塑料袋更容易点燃，树枝之类的则可以延长火的生命，助长火势。看着火苗蹿起，我兴高采烈。我把抓来的小昆虫架在火苗上，直到它们发出刺鼻的焦味。

可惜冬天没有蝴蝶或者飞蛾。我想看着它们，在火焰上——烧成灰烬。

火到底是什么呢？我的好奇心持续挠着我的小脑袋，一个月，两个月，半年。不管火是什么，它能把一切都焚毁，让一切都化为灰烬，仿佛不曾存在。像魔术师，也像魔鬼。

人们说热爱始于好奇。我不这么认为。打火机的出现，让我对火的感情，后来还是慢慢淡了。

再后来我爱上了写作，并给自己取了一个笔名。就叫小火吧。

玩火和写作，两者唯一相通的，就是从无到有。如果勉强再加一点，那就是创造和毁灭一切。

可惜对于写作的热爱也只持续了几年。这个爱好唯一值得庆幸的是刚刚开始写作时就得到了出版的机会。媒体那些年鼓吹少年作家，我恰好当时就是少年。出了三本书之后，媒体对当年那批少年不再那么关心。三本书都没能大卖，于是写作道路受阻。

更后来，创作受阻的我受出版公司老板的信任和哄骗，加盟了一个连锁书店，拿出自己为数不多的版税，做了一个书店老板。一年后，书店倒闭了。

很多事，包括人生，都像一个火苗，风一吹，可能就灭了。

但是大火过后，世界会发生一些改变。

5

恍惚中我记得是阿珍给我递上了一杯水。还有两粒药。她看着我服下药片之后，自己先躺了下来。只有阿珍才会这么做。

就在我抱着阿珍，即将入睡的时候，梦辉开始了另外一种熠熠生辉。火光从不远处亮了起来。隔着窗帘，我都能看见大火的形状。

怎么回事？谁干的？谁把我要干的事给干了？

我可没有点火，难道我记错了不成？

那些火光突然之间发展壮大。就像一个迅速发育的男孩一夜长大。

我勉强清醒过来，发现此刻抱着的，只是一个人形的枕头。身边没有阿珍。

我猜测此时应该陆续有人驻足围观，仿佛在看一种原始的表演。我能理解他们的，并想过加入他们。但药效上来了，我越来越困。今天还是两倍的药量，就为了能好好睡上一觉。这药是我新换的品种，没想到药效这么强。我试图摆脱睡意，准备洗个冷水脸，但身体和意识还是开始酥软。

很快，消防车伴随着足够把人吵醒的鸣笛声也来了，但我仿佛听到了一首催眠曲。

足足十个小时后我才醒来……

尽管吃了药，梦境还是反反复复，带我回到少年时光。

我梦见自己抓蝴蝶。在阳光下，我追着蝴蝶走。我小时候喜欢抓蝴蝶，但其他昆虫我也不怎么放过。我有一个大大的网兜，网兜上架着一根长长的竹竿。我挥舞竹竿，那些昆虫蝴蝶，就会都进入我的网兜，被困住。

"动物界里有一种昆虫，叫叩甲。每当它陷入危险，比如当它面对天敌的时候仰面朝天，缺少保护，这时候它可以发动自己的背部力量，把自己弹向高空，从而绝处逢生。"

这是后来有一个警察告诉我的，我记住了。但这种虫如果遇见的是我，少年的我，它这种技能就没用。它没有时间发挥它的技能。

但现在这些都不重要了，我现在要做的是叩甲。

因为我的婶婶，她死了。而我正是那个当晚接触过她，还想杀她的人。

该如何绝处逢生？

6

梦辉大楼第六层是梦辉酒吧，S市最著名的娱乐场所。也是我婶婶的遇难之所。

梦辉说是酒吧，但其实就像这个世界很多名不副实的东西，比夜总会更像夜总会。它不在江湖却定义着江湖的一切，汇聚着多少精英妈咪。这些年，我的婶婶在里面陪了很多客人，帮客人找了很多小姐姐，陪他们划拳吹牛做游戏谈心。她自己也喝了不少酒，赚了不少钱，我都知道。在S市，如果梦辉酒吧称高档娱乐场所第二，没人敢称第一。人们在里面喝酒，也在里面谈心。表面上，主要是中年男人和中年男人喝酒和谈心，但实际上，也有一部分情况是中年男人找年轻女孩喝酒和谈心。

每天黄昏开始，就有一批一批女孩走进她。她们又要去喝酒和谈心了，我思考着。今天她们准备喝多少酒，谈什么心？凌晨两三点，她们又陆陆续续离开。喝完酒了，谈完心了。因为这些女孩的关系，我把这种观察或者思考又定义为欣赏。

高楼下，停着这个世界上最昂贵的那些轿车。有一部分没那么昂贵，但称得上低调奢华。有时司机是一直待在车里的，直到真正的主人离开又回来。

但是现在，我抬头看了看大楼，梦辉酒吧那一层开始，上面全黑了。是大火光临过的痕迹。那顶端的"梦辉国际"这四个大字还在，就是灰头土脸的，甚至歪了。大楼一共八九层，六层以上的顶部就像长了头发，一头枯发，严格地说应该是染了之后的一种效果。挑染过的那种，像我婶婶的一样。整幢大楼好像哭丧着脸，被烧伤得很难受。有这些想象让我觉得自己很可笑。

"昨天晚上里面有个人被烧死了。"站在我身边的一个大妈说道。

另一个围观群众说："哎哟，真的是烧死的啊？"围观群众的"哎哟"声像是吆喝。

"哎哟，听说是个妈咪。"另一个群众继续吆喝。

听到这个词之后我才反应过来，我想我应该，立刻、马上给我婶婶打电话。让我确信这是不是一个既成的事实。

然而就像我预料中的那样，电话没有接通，连嘟嘟声都没有。

我有了这个通话记录就足够了，可以挂了——仿佛这样有利于我之后的操作。但我确实没想好之后怎么操作。

这更像是为了表演，表演我还不确认死去的人是我的婶婶。但表演给谁看呢？奇了怪了。

确实有不祥的预感。我期待中发生的事发生了，但我并不完全希望那是真的。

可我到底在表演给谁看呢？观众又在哪里？

"我婶婶就在里面上班，她在这里上班好几年了。她是梦辉酒吧的妈咪。"我对一个观众说道。

观众马上就"哎哟"一声，然后凑了过来。这表情一看就是想问个究竟。

"啊，真的吗？你婶婶是妈咪呀？那那个被烧死的妈咪不会就是你婶婶吧？"

观众问完觉得很失礼，马上住嘴，并跟我保持了一定的距离。

妈咪，可爱的叫法。婶婶他们同事之间互相叫"业务"，相比之下，妈咪算是一个昵称。

可爱的小朋友出现在幼儿园里，"可爱"的妈咪通常出现在夜总会里。

社会新闻一般都是在微信好友群里率先看到的。朋友丢完资料在群里说："就小火你家对面的梦辉啊。那些小姐姐不知道安全不安全？"他还给了一个很着急的表情。考虑到这个朋友本来我也不怎么熟，我就没有回复他。

视频来源应该是最早围观的群众拍到的一些现场，还拍到了我的婶婶。镜头很遥远，我婶婶被人用救护架抬走的瞬间被人捕捉到了。那几乎已经是一具……我很难描述。我看了很久，试图与我死去的婶婶相认。

"哎，多好的地方，里面的小姐姐质量很高的。"

"是啊，这一下可完蛋了，不知道要关多久。"

微信群里开始有了一些讨论，说得好像平时他们经常光顾似的。接着还有一些诸如此类的幸灾乐祸似的聊天内容，我一划而过。

过了一会儿我的手机来电。我叔叔。

他说让我先去，他马上过来。看来无所不能的警察同志已经联系上了我的叔叔。

这下确定了。是我婶婶，没有错了。

电话里，我叔叔比我想象中冷静，情绪波动不大。我本来要说什么的，但想想不知道该怎么说，只说："我已经到了，好。"

现场楼下就有警察在工作。S市的警察总是高大、健硕，浓眉。距离我最近的两个警察都是这样，只是其中一个更高大一些而已。更高大的那个因为戴着一副墨镜，显得更令人尊敬。

更高大一些的那个警察摘下了墨镜，他应该是在勘察现场。我注意到了他，他也看了看我。

不想他居然朝我走过来，说："是小火吗？"

我迟疑地看着他，心里一惊，过了一秒我点了点头。这些年，不再写作、不出版新作的一个老"少年作家"，有人能知道这个笔名？能认出我来？我想他是不是看过我的哪本书。

但此时此刻我可不希望被警察找到谈话……也不是不可以，就……这也太快了一点。

"还真是你。"警察高兴得有点不合时宜。"作家。"他指了指我，对他的同事介绍说。

那我猜得没错。原来我的读者里还有警察，真是令人后怕。

尴尬而不失礼貌的表情，微笑，我练习过，再来一下。尴尬而不失礼貌，是一个不成功的成年人的必备素质。

为了让我的读者回到工作状态里，我说："那个，好像是我婶婶。"我没说具体是"哪个"，但意思比较明显了。我带着最可能是此时此刻我说话时应该有的口吻——经过了讶异和悲痛之后的哀怨。

这个警察仿佛很惊喜，然后又意识到自己不该。

"你婶婶？"他张大眼睛又张大嘴巴。随即等我确认。

"应该是，我叔叔接到电话了。"

"哎，那可惜了。"警官沉默了一会儿，似乎在考虑何时再说话更合适。戴着墨镜的人显得神秘。

"我姓刘。"刘警官叹了一口气，然后自我介绍道。

"挺亲的，我婶婶。"我说，"我就一个叔叔，我爸妈都不在了。我爸两个弟弟，前一个弟弟我都没见过。唉，我的婶婶，前一阵还刚见过。"我也顺着叹了口气。我能说是昨晚见的吗？我昨晚的行踪是否也已经被警察同志了解到了呢？哪怕我已经做足了功课。

"那你叔叔正过来了吧？"刘警官暂时打消了我的顾虑。

"他在来的路上了。"我说，"应该是你们通知他了。"

"怎么你这个侄子比死者的老公还先到？"警官好奇。

"我就住对面。"我指了指对面的公寓，再指了指我家的窗口。刘警官还特意探出脑袋看了看。"我叔叔远，而且叔叔腿脚不方便，他前几个月做了截肢手术。你可以说他是个……瘸子。慢一点也正常。"我仿佛是开了一个很不好笑的玩笑。

"你叔叔是瘸子?"刘警官又一次疑问。我以为我这样说我叔叔腿脚不方便，是帮他迟到找到了合理的借口，是帮了我叔叔，但仿佛哪里出了问题。

后来我才知道，还是警察同志工作效率高。

据称这座大楼内部的监控因为大火被损坏了很大一部分。他们已经连夜苦苦搜查了沿街的监控，看是否能找到一些线索。因为凭我的直觉和经验——是的，我的经验——也凭警察们工作的认真态度，这场梦辉大火，很可能是一起纵火事件。

其实也不用凭这些，微信群友们都这么猜了。

自从这些年开始有了监控，警察的工作就似乎没有以前那么耗费体力和脑力了。大楼内部，包括附近马路，所有大火出现前一段时间的监控录像，或许就能提供第一线索。警察同志们的效率在于，他们已经截屏了可疑人员。

高大的刘警官对肩头的对讲机交代了同事几句，同事很快拿来手机给我看录像截屏。

手机里图片翻到第六个人影。

被普及的可以拍照的智能手机，让信息的交换也畅快高效。

"这个人，是不是你叔叔?"刘警官来回滑动截屏。

视频截图的部分已经被放大,但不至于模糊。监控真厉害。

我看到 S 市的深夜，那一个人影，尽管他很努力在走路，但我依然能断定他左腿有明显的问题。

叔叔装了义肢，明显还不怎么适应这新的组件。

"没错，就是我叔叔。这帽子就是我叔叔的。应该说，我叔叔有这样的帽子。"

"你确定一下。"高大的警察认真地说。此时，在这种质问下我不能撒谎。

"那我给叔叔打个电话确认一下吧。"虽然不能撒谎，但我还可以拖延。突然之间是我犹豫了。虽然认出了我叔叔，但我已经认为这不是一个明智的行为。我必须表现出他彼时彼刻出现在这里，对我而言非常意外。

顿时慌不择路。我怎么这么傻。

高大的刘警官拦住了我，说："别打电话，你给一个初步的确认就行。反正他就要来了。"

犹豫了没多久，我皱着眉头确认了。心想事已至此。"百分之九十吧。"我说，"除非……"

"除非什么？"

"没什么，我觉得百分之九十是我叔叔。但我真的想问问他，半夜三更在那里干啥。"纯粹是明知故问。昨晚我叔叔来找过我。我怎么可能不知道他半夜三更出现在这里的原因。

"那是我们的职责。谢谢你的帮助和配合。"刘警官职业地表态。

我帮助？我配合？我怎么感觉我是在害我叔叔呢？我感

到刚刚那个确认很沉重，也很麻烦，我可不仅仅有一点儿后悔。我为啥要把我叔叔给弄进来？

"你的意思是我叔叔放火的？是我叔叔放火烧了我婶婶？"

警察沉默。我猜他不能回答什么。我以为他会回答说我们正在调查。

"你别跟我开玩笑啊，警察同志。"我苦笑着说。但我也没说叔叔昨天是来找我这个事。我觉得这还很没有必要。

"我们正在调查中。"刘警官说。果然职业的问题很无趣。

"这样，待会儿你先跟我们回去一次。"刘警官边上那个不那么高大的警察第一次跟我对话，就发出了这么热情的邀请。

这就滑稽。我只是来围观一下。毕竟我的婶婶在这里工作，恰巧……死的确实又是她。在我看来，这都是偶然的。作为亲属关心一下，加上我住那么近，很合理的。一切都很合理的。现在，事情好像有点复杂了。

"你们派出所有咖啡吗？"我问。

"不是请你喝咖啡，是请你配合调查。"不那么高大的警察很严谨。

"哦，反正我不喜欢喝咖啡。"我说。我确实不喜欢喝咖啡。喝咖啡让我失眠。我本来就失眠。

没多久，叔叔也到了。我和他打了个招呼，但还没来得及说话，叔叔的时间就被警察占据了。

很显然，警察准备了一些问题给他。不出意料，他们也把我叔叔一并邀请，喝茶。

远处，我叔叔一脸的迷茫和慌张。看得出来，他没有做好足够的准备。他看到了我，我对他点了点头。意思大致是，我们一起沉着冷静。

老婆被这么烧黑了，烧没了，连悲伤都来不及表现，就要被怀疑，带进派出所，一切就是这么莫名其妙。我想，可怜的叔叔。

我们被安排在两辆不同的警车中，所以我没办法去直接安慰他。

跟我想象中不一样，两辆警车启程去派出所时，并没有鸣警笛。我想象中的警车开起来都是要鸣警笛的，但这是一种错误的想象。

刘警官坐在副驾驶，开车的就是他的那个搭档。我像一个宾客，坐在后座。我观察了一下警车的内部，好像跟别的车也没什么不一样。

我想，我以后可能得再坐几次吧。但可能也不会。不管怎么样，我已经在为之后的任何可能做准备了。

7

　　这是我人生中第二次坐着警车来到派出所。第二次总能让我记起第一次。人生中有很多很多第一次，每一个第一次都值得被屡屡怀念。

　　第一次坐上警车是我读大学时。

　　开头我坐的不是警车，而是公交车。我得从学生家里坐公交车回学校。彼时彼刻，我是个家教老师。除了业余写作，我作为大学生还兼职当家教，可以说是挣了两份钱。同学们赚生活费普遍会选家教这个"职业"，来钱快，一次一结算，两小时能有四十块钱，扣掉来回公交费两块钱，足足赚三十八块。一个礼拜去三个晚上，能挣一百多，够花一个礼拜，甚至能吃上一顿食堂之外的肯德基。

　　那天有一个醉鬼，不知道是因为喝多了在车上打瞌睡还是别的什么原因，坐车过了站。因为下一站就要过江——把 S 市一分为二的河流——他坚持要求司机马上停车，他要下车。过了江，一切都会被改变。司机说不能停。售票员，这个古老的角色也这么坚持，就这么重复司机的话，结果这个醉鬼就崩溃了，跑到驾驶座边上，努力撕扯正在开车的司机。车上一个年轻人就不干了，拉扯中把那个醉鬼揍了几拳。本来是我们要报警抓醉鬼的，这下可好，醉鬼居然率先报警。这样，司机真的就把车停了下来。谁都不能走。警察来了之后，询问了一番事发经过，双方各执一词，警察无奈，最后邀请同车人作证，一起去所里。我兴高采烈地举手，说我可以，我可以作证。我当然支持同为年轻人的仗义之举，不能让正义吃亏。

不能让正义吃亏，这是我单纯的信念。从未被改变。

但我自己可以吃亏。

当晚我刚刚家教结束，我不光教育了这个国家的未来，也要帮助这个国家的现在。但更多的是帮助我自己。

我认为自己早就应该坐一回警车的。拖延到大学才坐，已经是迟到的体验。

不是为了体验生活。我认为这种心态是内心渴望。

在那辆警车里，我也坐在后座。在一个稍长的红灯，开车的警察停下来转头看了看我。我脑子里有那个画面。

随后我问了一个问题，我问道："如果有人毒死了我的妈妈，我应该怎么做？"

那个警察还很年轻，他皱了皱眉头，还有一点点不耐烦的表情。他说："你应该报警。"

不……这并没有发生。这对话并没有发生。

考虑到那次去派出所作证总体而言是一次轻松的回忆，

所以这次去我也没有显得特别慌张。没有显得。

我只是担心我叔叔。同时，我的脑子里也充满了问号。真正的问号。接下来我该怎么做？以及谁，为了什么，要点燃梦辉？

这次开车的警察也是年轻的，相比刘警官而言。刘警官坐在副驾驶座。

很快警车就停到了派出所门口。我随着两名警官来到了一个会议室。

也许应该叫审讯室。我不知道。我没看到门牌上写了什么字。

真的是我叔叔吗？我当然知道不是。不可能嘛。

刘警官和不那么高大的警察，我终于知道了他的姓氏，他姓张。在我做笔录之前，他们给我报了警号，报了姓氏，但没有报名字。

看起来刘警官似乎职位更高一点，我的这个读者，真不知道他读的是我哪本书，有机会的话我得问问。此时此刻，我要做到知己知彼。

根据我的观察，他们都是市局的刑警。一切迹象表明，这确实是被当成一桩纵火，或者谋杀案来处理的。

"我们是跟你了解情况，你只要如实回答和写下就可以。"刘警官说。

"嗯，我知道我有这个义务。公民的义务。"最开始这一刻，我信心满满。

刘警官微微一笑，说："好，那现在，我们开始问了。"

"等等，我叔叔现在在干吗？"

"他在隔壁，我们也在问他问题。"警官指了指右手边的方向。

"他还好吗？"我问。

刘警官没有回答我。

"对了，你读过我的书？读的是哪一本？"我对着刘警官提问，化被动为主动，但我觉得我这个机会抓得并不怎么好。

"你还是先回答我们的问题吧。"一旁的张警官看了看刘警官，刘警官没有任何表态。张警官就直接建议我听从安排。

"你婶婶是做什么工作的，你了解吗？"

"了解。"我说，"她是妈咪。这个我想你们也知道。妈咪。不是妈妈，是妈咪。"

"知道。知道。"张警官不太能理解我对这个称呼的特意厘清。"那你说点我们不知道的，好吧？"张警官再次建议我。

8

　　"我婶婶是个传奇，在我眼里是这样。按理她嫁给我叔叔就足够奇了，但她不光这一点奇。不光这一点。我们从小都能遇上一些奇奇怪怪的人，就是跟我们大多数人的生活方式、做事方法背道而驰的人。我婶婶她就是。嫁给我叔叔，太背道而驰。

　　"我叔叔也是个奇葩，主要在外形、形体上。那个年代，在婚恋市场上，外形是很重要的。我叔叔个子特别小，加上他走路特别快，一旦他走起路来，整个人像一溜烟。就这一点，在人群之中，就称得上奇葩。

　　"他还对人说将来我如果找老婆就找个高的，比你们都高的老婆。他手举到头顶，意思他将来的老婆得有那么高。说这话的时候我叔叔满脸笑容，我记得的，这就是'奇葩'这个词在我脑海里发芽的时刻。邻居们表面也是笑嘻嘻的，我想他们是不会信的。我叔叔能找到老婆就不错了。那个年代看不上的，除了矮，还有穷。我们家那时候，就我和我叔叔两样都占全了。我年岁小，还有机会长高。但我叔叔已经发育完了，他没机会了。但是，奇葩自有奇葩配，我叔叔最终如愿以偿。我婶婶个子很高，有一米七多。相比不到一米六的叔叔，他们俩站在一起的那张结婚照，是后来人们津津乐道的'最萌身高差'。

"嫁给我叔叔的时候，婶婶年纪也不大。我婶婶就比我大三岁。就一直比我大三岁。但我叔叔当时已经三十多，快四十了。要说我婶婶其实得先说我叔叔。警官，你们同意吗？

"我叔叔是我们小镇上最有名的'知识分子'。他是最早考上大学的。那个年代，这个小镇上，大部分人读完初中高中就到社会上做起小商小贩，或者去工厂打工，出路有限得很。只有我叔叔，大学毕业以后回来既不从商，也不打工，职业炒股票。个子矮小这一点也许没法改变，但贫穷是可以消灭的。

"后来他还炒邮票，炒丝网印制的报纸首印，炒各种奇奇怪怪的东西。股票我是肯定不懂的，因为小时候爱好集邮，所以我对邮票印象比较深。他当时给我看过他最值钱也是他最引以为傲的几张邮票。一张叫作'祖国山河一片红'，一张就简单叫作'猴票'。他给我看，又不全给我看，就让我远远地看，不让我碰。意思就是很贵，别乱动。尽管那邮票还有一层薄薄的塑料包裹着，我怎么也不可能摸坏。在当时，他这么珍视，我想它们至少得值好几百吧。

"我叔叔因为不上班，所以有很多业余时间。我们小镇上，业余时间多的人，都会去光顾麻将馆。虽然作为一个知识分子，在我们的想象里，他与麻将这个东西显得那么格格不入。后来我知道这是一个错误的观念。文化人和麻将简直是天生一对。我叔叔和麻将合二为一之后，生活就很流畅，或者说已经圆满。这导致了我叔叔对婚恋这件事漠不关心。时间一年年过去，他的未婚状态保持得很好。这惹得大家都很着急，偶尔打麻将有记性好的家伙还问起我叔叔，你那个个子高高的老婆在哪里？

"但叔叔不着急，他打出了一张幺鸡。他看着那张幺鸡，然后突发灵感，说，你看，这个幺鸡高不高？"

缘分没到。这是大多数人对我叔叔命运的解释……

刘警官提醒，我应该多说说我婶婶。刘警官提醒得没错。

"我前面说了，我婶婶是个传奇。她很厉害，方方面面，小小年纪就独立生活。听说她是个孤儿，我听人说的，邻居都知道。大家都知道。她是被领养的。准确地说，我们是说'抱过来的'，这个说法有特别的人文关怀。换句话说，她很小被人遗弃。而她的养父母因为儿子早夭，接纳了被人放在门口的她。那时候她才几个月大吧。养父母只负责把我婶婶养大，很放，很开，很放开。我婶婶刚读完初中就被要求出门打工。婶婶厉害在哪儿呢？她第一份工作就是去舞厅跳舞。我们那儿唯一的舞厅，成了我婶婶的第一个东家。我不知道是因为我婶婶的舞蹈天赋过高，还是我婶婶个子过高，她在那里颇受欢迎。这是我听人说的。之后她被带去城里了。这一去好多年再也没有她的消息。但她再回来之后，有了很多关于她的传说。有传说说我婶婶在城里当了小姐，还当了妈妈。不过那时候她还不是我的婶婶。也有传说纠正了之前的传说，说我婶婶只是当了妈咪，而不是当了妈妈。也有两个传说的结合，说我婶婶既当了妈咪，也当了妈妈，至少是当过妈妈。这个传说就有点坏。不管这些传说真假，事实是我婶婶回到了镇里，后来跟我老大不小的叔叔结了婚。很快他们还拥有了爱情的结晶，我的堂妹。但这不是一段美妙的爱情故事，我是说他们结婚后没几年就分居了。这才是我叔叔昨天出现在梦辉国际附近让我最意外的原因。"我说。

我本想把我叔叔昨晚来过这里的这个事纠正过来，但总觉得这一切已经无法挽回。

"你的意思是，你叔叔跟你婶婶现在联系不多？"张警官追问。

"嗯，我叔叔跟我婶婶，按我的理解，一开始不知道，最后应该是完完全全的形式上的婚姻关系。他们没有办理离婚手续，据说只是一个时间问题，或许只是等我堂妹长大，或许是两个人都缺少一个'移情别恋'的机会。""移情别恋"这个词我说得过于浪漫，我想。浪漫就浪漫吧，就是这个意思。"我叔叔那些年经常说我婶婶命很硬，很克他。说起来像一句玩笑，我叔叔说自从跟我婶婶结婚后，打麻将也输，炒股票也亏。但我不是这么看的，我只是觉得我叔叔在麻将上缺乏学习，至于股票，可能全国的老婆都在克炒股票的老公吧。我婶婶不是命硬，她说她是没办法，只能靠自己拼。她的养父母后来都患病走了。她虽然也知道自己的身世，被充满恶意地嘲笑、被无端地讽刺了很多年。婶婶心脏其实比一般人大，我觉得。也不是我觉得，我坚信如此。两位老人家一走，她更没了归属，也更加自由了。自由归自由，我还想到了另外一点，可能，这也是我婶婶不愿意跟我叔叔离婚的原因，这是我猜的。一个打麻将总是输钱的老公，聊胜于无，总是比没有好。我们都需要一个'家'。哪怕只是形式。

"我还记得我婶婶穿着一套舞蹈服的样子，那是一张老照片，可能是我婶婶早年在舞厅里的照片。那照片特别像卡通人物，小时候我最爱看的动画片《圣斗士星矢》，里面的凤凰座圣斗士就是这样。我婶婶的那身衣服也是这样，所以有一阵我以为我婶婶就是不死鸟一辉。现在她成了一具焦炭，远远看去，像一块木头。不久之后她就会成灰。真正是不死鸟，一灰。

"其实我记得的我婶婶的照片也好，样子也好，很多很多，只是这时候我想到的，我能说的，就是这些。"

刘警官再次提醒，让我多说说我婶婶的现在。

"现在很简单，我婶婶重新回到了城里谋生，做了梦辉酒吧的妈咪。不知道是不是算重操旧业，但毫无疑问她得心应手，手里很多小姐姐，还有很多老客户。我恰好也来到了城里，又恰好住在我婶婶的单位对面。就是这样。"

"那你们平时交往多吗？"刘警官问我。

"不多不少吧。我因为前两年做生意失败……也不算是生

44

意，就是开了一个书店，关门了。现在有时候会让我婶婶帮帮我。不是给我钱那种帮帮我。其实我开书店那一年，也帮过我婶婶的，读书人也有这个需求的嘛。读书人也要去酒吧喝酒的吧。只是后来生意没成，我能介绍给我婶婶的生意也好，客户也罢，越来越少，现在反过来要我婶婶帮忙。前一阵我有个朋友做了一款自加热鸡汤，我想帮我朋友，算是分销，可以提成。我就想到了我的婶婶，我说婶婶，你那么多包间，那么多客人，那些客人喝酒到半夜，可能会饿的。这时候来一款自加热鸡汤岂不是很妙。一个房间十来个人，就是十来罐自加热鸡汤。一罐鸡汤成本十块钱，超市卖三十块，到你那里，一罐卖个五十没啥问题吧。那些客人那么肥头大耳，有钱，又喝成那样，做东的老板花个五百请朋友和小姐姐们每人一罐鸡汤，岂不是大方又体面，健康又安全？我当初跟我婶婶这么说的时候真的是很抱希望的。我希望我的婶婶每天帮我卖一百灌鸡汤，我从朋友那边进货只要十五块，一罐我们挣三十五，一百灌鸡汤我们能挣三千五，我跟我婶婶对半分，一人一千七。就算要打点一下 KTV 或者说酒吧的经理、管事的，至少一人也有一千能挣。一个月就是三万。我都想好了，这样的收入我很满意。但我婶婶说她试了试，我的想象并没有成真，一个月她卖出了十灌鸡汤，其中五罐是她自己喝的，三罐被她的小姐姐们当成了减肥又美容的夜宵，两罐是老客户说：'好，我们试试。'"

　　说完这个，我有点心慌。要了一杯水。

张警官把水给我，说："看不出来，你有做生意的头脑。"他转头还问刘警官："刘哥你不是说他是作家吗？"

刘警官笑了笑，说："作家就不能做生意吗？"这个戴着墨镜的警官，笑了笑。

看得出来，他俩还挺放松，像说着相声似的。可能我的故事还比较让人放松。

"那最近一次呢？最近一次你们是什么时候见面的，因为什么？"刘警官这次终于又摘下了墨镜。我觉得他在表达某种不耐烦，觉得我说来说去说不到重点。很奇怪，摘掉墨镜的他比之前更帅气。墨镜能让人的气质提升不少，主要是眼睛那部分看上去……更黑更大？摘下眼镜的刘警官暴露出巨大的眼睛。上次看到这么大眼睛，我记得，还是在一个酒吧，我看上的一个妹子。

"眼睛可以大，但为什么这么大？"我当时对那个妹子这么说道，但这个时候对刘警官这么说就不合适了。看眼角，我猜他比我大个几岁。我依然不知道他为啥要看我的书。我的书是写给比我年纪小的人看的，我有这样的自觉。

"是啊，我就要说到了。"我说，"我和我姊姊联合卖鸡汤失败之后，我又想到了一个超好的点子。生活困难，我们总是不停地想点子，对不对。我有个朋友是做医美的，就是弄了个医院，手续证照齐全之后，生意却实在起不来。我的点子就是，帮助我的朋友去拉生意。你知道的，现在 KTV 的小姐姐应该需要这一类服务，垫个鼻子，割个眼皮，诸如此类。

我就想到我的婶婶了。我婶婶说可以帮我试试，然后约我具体谈。约的是前天晚上。我就是前天晚上，对，就是前天晚上，昨天晚上我婶婶走的，那我就是前天晚上去找我婶婶的。"

"有什么特别的吗？"

"有，有啊，好几年没去这种娱乐场所了。没钱，真的，没钱去消费这些了。哪里有钱去这种地方消费。一瓶酒比外面贵好几倍。如果有小姐姐陪着喝，我还得给小姐姐小费。你们懂的吧。"看上去两名警官懂。

"这次我婶婶带我去看了看她手里的小姐姐。她其实是暗示我，现在的小姐姐比以前更漂亮了。也就是说，她们大部分都已经享受过这一类服务了，鼻子都很高，鼻梁部分尤其明显。"我捏了捏自己的鼻梁，继续说："小姐姐们穿得也比以前更加有品位。如果你在路上遇见，会觉得这些小姐姐都是明星，都是演员。反正，我那个生意也没啥希望了。"

"兄弟，你别称她们为小姐姐了好吧。"张警官开始跟我称兄道弟，"说实话，我挺烦的。现在我们在调查你婶婶遇害。"

被这么建议之后有点意外，我为啥不能叫她们小姐姐呢？我呆呆看着警官。

"你知道我们发现了什么吗？你婶婶虽然看上去被烧死了，其实她很大可能不是被烧死的。我们发现她的尸体附近，还有一把刀。你看。"

经过刘警官的同意，张警官给我看了两张图。一张图是我的不死鸟婶婶，她被烧成了一具黑炭。但是她的尸体边上，被红线圈了一下。很明显这吸引到了我。说这张图让我惊掉了整个下巴都不为过。

"这是一把水果刀。刀柄也被烧了大半。刀可能才是凶器。当然，我们法医还在做鉴定。"刘警官说。然后他让我把注意力移到另外一张图。

一把水果刀，放大、还原后的样子。虽然这时候我还没认出这把刀，但这把刀才是真正让我惊掉下巴的东西。

我怎么这么丢三落四的呢？

是什么时候丢了那把刀？我这回来居然也没发现丢了一把刀子这么严重的事。

我没有用刀。我确认。我没有。

9

梦辉大火案当天没有被官方媒体广泛播报。我猜是因为警察还没有找到凶手的缘故。但第一个嫌疑人已经有了，那就是我的叔叔。

我想问我叔叔的是，你怎么也会有玩火这个爱好？我怎么以前都不知道呢？要是早知道，从小我就可以跟着你一起玩了。

那天最后，刘警官又详细问了我叔叔和婶婶的关系。

经过思考，我说："关于他们俩的真实感情，我并不了解多少。我只知道他们有一个孩子，分居。仅此而已。包括我和我婶婶见面，我们都几乎不聊我的叔叔。我们聊的是生意。当然也聊别的，但这好像目前不太重要。后来我发现小姐姐们——张警官不让我这么称呼，但我觉得这样称呼是最得体的——我发现小姐姐她们几乎都已经做过整形或者微整形，我朋友的生意看起来也只能这样了。我帮不上什么忙了。"

离开的时候，我问刘警官："为啥不能称她们小姐姐？"我是故意的，既然张警官对此提出了抗议，那我就问问刘警官的意见。何况，我想刘警官作为我的读者，有必要对我稍稍客气一点。

"我们当警察的，不喜欢这么叫很正常。因为我们代表着正经。"

刘警官说得挺严肃，但我觉得挺有趣。越是严肃的事情，往往就看起来越有趣。

我又问："我叔叔那边呢？"

"还在问呢。你就别关心了，回去休息吧。"刘警官说，"看你也累了。"

我当然累了。很紧张。一直很紧张。大脑保持着警惕。我伪装的放松是依靠我的紧张维持着的。弓拉着，弦就松不了。

我现在想为我叔叔辩护，想的就是这个。当然，我脑子更多的是疑问。

我得说，大半个脑子是疑问，小半个脑子，想为我叔叔辩护。他一定是无辜的。我相信他。

10

三天后，刘警官又找到了我。像是某种使命的召唤，始终会来。

我在这三天做了很多事，思考了方方面面。可以说是做了一番准备。

与此同时，这三天我抱着对我叔叔的很大的歉意——或许我觉得我叔叔没有问题，不管怎么样，我不该指出那就是我的叔叔，那顶帽子就是我叔叔最常戴的样子的。我说出这些干什么呢？我爸要是天上有灵一定要打我屁股了，我爷爷也会帮我爸爸一起打我。

如果这些长辈都在就好了。我就不会这么无法无天，没有规矩，不知敬畏。也不会这么没有依靠。

我希望我叔叔能够详细说明那天晚上的情况，并洗脱罪名。首先，我不相信他能杀人。我太不相信了。其次，我先不说。

但三天后，刘警官这次正式通知我，我叔叔已经是这个谋杀案的第一嫌疑人，希望我提供更多信息。他语气严肃。警察不方便开玩笑。

那么，这个时候我叔叔去了看守所吗？我不知道流程里，此时此刻我叔叔应该在哪儿。但一定是在受罪，一定是在被囚禁，或者类似这个意思的其他词。总之不会有自由，更不会有麻将。一想到我叔叔没有了麻将，我就更加内疚。他正在被某种气氛压抑着。

在这样的情况之下去见刘警官，心情沉重是应该的。这次我要帮我叔叔，尽我良知的本能。三天了，三天里我还是做了一些规划和准备的。

刘警官就像见一个熟人一样，还让人给我倒了一杯茶。

"不喝咖啡对吧？"看起来他也没准备什么咖啡。

没错，居然还记得这个。桌上泛着午后的余光，茶杯是白色的，茶香四溢，但我来不及领这个情。已经准备好了的一些说辞，我不能让它们从我脑子里溜走。这是我想了两三个晚上的成果。

"这次你把你了解的关于你的叔叔的事，跟我们说一说吧。"刘警官严肃地说，"这次主要说你叔叔好了。说些我们不知道的。还有，"刘警官笑了笑，仿佛这是上一次对话的继续，"尽量别说偏了。你们写字的，总是异想天开，发散性思维太严重。"

"我好久没写书了。"我说。我意图表明他所指出的发散性思维、异想天开这样的评价并不适用于我。虽然那意味着一个写作者的才华。

"其实你有空，我是说以后，咱们可以多聊天。我可以保证，你跟我多聊天，能从我这边获取不少写作的灵感。"

这可未必。我是说我以后也未必想写作。再说，这样盲目自信地要为我提供创作灵感，真是没把我当外人。

"你是说我可以从你这边打听一些案件？"

"细节。不为人知的细节。"刘警官微微一笑，搞得挺神秘，"新闻都写不了的那部分。那部分细节，我想是你们作家们最欠缺的。"

我能感受到刘警官是一个细腻的人。爱看书，或许是文学爱好者，还能用"细节"这样的词，表达一种对文学创作的理解。

"谈正事吧。"刘警官打断了我们关于创作的交流。

我已经做好了打算，如果有一天我重新写作，我要把你当作我新小说的主人公，刘警官。

可是接下去我要说的，不知是否能打动这个文学爱好者。

"真的，我真觉得我的叔叔是个同性恋。"我说。这开门见山的表达，伴随着我抿了抿嘴唇，鼓了鼓腮帮子，以及真诚的眼神。

刘警官不知所谓，但他想听下去。"嗯？继续说？"

"我叔叔是同性恋的可能性很大。"

"如果不是特别确定……可能性在我们这里，需要……"

"这可能性能达到80%以上。"我抢过话题，打断了刘警官。我严肃而诚恳，诚恳到我说什么都会是真的，不容置疑的。

"同性恋？ 80%？"刘警官重复着我的关键词。

"嗯，80%。"我不知道具体的科学的说法，纯粹想表达我对这个判断的自信。但我也不能把话说满了。不是这样的人，说不出那样的话。"我叔叔，我觉得，我观察下来他很大概率就是个同性恋。这个信息我要告诉你们。"

"你叔叔是同性恋，但你叔叔跟你婶婶结婚了不是吗？"

"是的。同性恋也可以结婚的。这方面我叔叔可能不地道，你就当他是骗婚的吧。但因为我婶婶也不是省油的灯，她不是妈咪吗？生活很复杂的。"我说着，并且觉得自己这么说也不地道，比我口中的叔叔更不地道。"那，你想，一个妈咪，她嫁给我叔叔也是因为有所图，她可能图我叔叔的城镇户口，当时这个我们还是很看重的。"我继续着不地道，"我的邻居们，背地里说我的妹妹，也就是我婶婶和我叔叔的女儿，那个十岁不到的女孩，她不是我的亲妹妹，你懂吧？也就是说我叔叔的女儿不是他的亲女儿。你懂吧？反正他们俩结婚是结婚了，但不是真爱。可能是互相骗来骗去，各怀鬼胎。"我把不地道进行到底。

我看到刘警官眉头一皱，记了几笔。这是我的目的。

"另外，警察同志，我还要提供一个信息。我怀疑我的婶婶早就已经出轨，她在外面有相好的。我这么说，出轨也许不合理，因为我叔叔和我婶婶早就已经分居，只维持着法律上的关系。那法律上的关系就是法律上的关系。他们还是夫妻对吧。所以我婶婶应该就是出轨了。我一个月前，差不多一个月前，曾经遇见她跟别的男人在一起。"

反正我婶婶已经死了，我想，反正她已经死了，我无须保守一个死人的秘密，在有需要的时候，我甚至必须把这个秘密说出来，帮助那些还活着的人。

刘警官笑了笑，我注意到他还没摘下墨镜。"别开始编，认真点。现在不是写书的时候。"他提醒我，"我知道你写过一本关于同性恋的小说。"

那本小说，不提也罢。但刘警官对我写过什么书了解得挺多。

这么说来是不太相信我的说辞了。我也紧接着笑了笑，透露着无奈，说："我没有编，这不能开玩笑的对不对。我不能对警察开玩笑，就好像你们警察也不能对我们普通市民开玩笑。我叔叔是同性恋，这个是我的推测；我婶婶有别的男人，这个我有证据的。"对，我有证据，太好了。说到"证据"两个字的时候，我已经想到了我的证据在哪里。

刘警官收住了笑容，又开始记录。"好，很好。什么样的男人？是怎么样的在一起？证据在哪里？"

"这个你们肯定通过我婶婶的通话记录，或者她身边的人能找到的。我对你们完全放心。你们要去查一下他。这个人我觉得就算不是凶手，也一定要去聊一聊。"

是的，我已经想到，那一晚，那个跟在我身后的人影，他可能就是凶手。他就是那个放火的人。此时此刻，我相信了自己。

"我叔叔跟我婶婶一个月见不上一次的，但这个人，假如真是我婶婶的相好，就能查到更多关于我婶婶的信息。证据这次我没带。但我有，这个是百分之一百的。"

刘警官点头表示同意："但目前根据我们现有的信息，你叔叔还是重点对象。我们找你，是要了解你叔叔的一些生活。"

"我叔叔人品很好，胆子也很小。除了喜欢打麻将，基本上没有其他爱好。烟酒不沾。你们没有审问他吗？你们没感觉到他是那么普通那么善良的一个人吗？"

"当然审了，我们会交叉印证。这个你放心。普通也好，善良也好，这跟一个杀人犯未必就是冲突的。好人也会杀人。"

刘警官有这个体悟还真不容易。这跟我不谋而合。好人也会杀人。这听起来就像电影里的一句台词。在我那天想杀我婶婶之前，我也这么认为。只要好人受到了不公正的对待，他也会有杀人的冲动。

"那我叔叔有没有认罪？"我问。

"没有，但你叔叔承认那天晚上去找你婶婶了。这个没的逃，监控视频在那里。"

"不逃。那他去找我婶婶干吗？"

刘警官思考了一下，觉得这些信息似乎不方便现在透露给我。"你还是从你的角度说说你的叔叔。你说的信息对我们查办这个案子有很大的参考。请你认真，对自己说的话负责。我们都会记录。"

"我懂。我说的话我肯定负责。"

随后我把从小到大，关于我叔叔的一些奇闻异事都说了一下。刘警官有时候皱眉头，嫌我啰唆或者说不到重点，有时候则会记下几笔。我看到他记的内容，有"疑似同性恋""分居多年""死者疑似出轨"等。有些关于我叔叔，有些关于我婶婶，有些关于他们俩。

在这番"交代"之后，我也进行了一番思考。我当然不敢肯定我叔叔就是同性恋，只是我希望他是。此时此刻，如果他能证明自己是同性恋，在我的角度对他就是有利的。我的逻辑也很简单，但我没有，也没有必要把整个逻辑推演说给刘警官听。

如果我叔叔是同性恋，他跟我婶婶确确实实是默契的形式婚姻，那就意味着他们心照不宣，我叔叔有了婚姻和家庭，我婶婶有了孩子和城镇户口。这是一个符合逻辑的可能的事实。如果是这样，他们之后分居也合情合理。我婶婶出轨更能得到解释。在这样的情况下，如果我叔叔是一个并没有出柜的同性恋，出于面子，会对我婶婶的出轨感到一丝羞愧，但绝不会愤怒，在这个基础上，就没有杀我婶婶的动机。这是完美的推演，基于人性，非常合情合理。

但是我叔叔那天晚上，去找我婶婶干吗呢？我假装这是一个谜，假装自己并不知道。假装我想知道。但刘警官并不打算告诉我。

我的假装是必须的，不然我为叔叔进行的"辩护"，会有方向上的问题。

刘警官又让我先回去休息，"当然，"他说，"你回去准备准备你的证据。"看来他们内部还要开会。最后刘警官约我等通知，得再来一次。他知道我住得离派出所不远之后，仿佛我来来去去没有任何成本。但他是对的。

我离开的时候他正在伏案研究着什么，头也没抬。

总体而言，看起来，警察同志们没有发现我叔叔来找过我这件事。我们那个楼的监控，他们没有去查。或许是他们疏忽了。

如果这个世界上没有"疏忽"这个词，就会没有故事。

11

　　我并不知道是怎么回的家，感觉一睁眼就到了家。看起来有不少东西塞满了我的脑子。这时候必须先理了一下思路。闭目养神之间，我把所有的线索理了一下。证据，对，我这就要开始找我的证据。那是刘警官需要的东西，也是我所需要的。

　　这不容易。他妈的，前几天我干吗去了。怎么想了大半天自以为把所有功课都做好了，结果忘了这个。总是这样，随着事情的发展，我们得到了不同的解决方案。

　　满头大汗之间，我终于轻松地呼了一口气。好在那个存储卡并不像大海，那段视频也不是针。

　　心情稍稍沉重。说沉重还不是很准确。就像一颗石头，悬在心里。忽而，它还晃荡一下。

　　我不知道我叔叔此时此刻经历着什么，会不会被刑讯逼供？他会不会被一根粗粗的大绳困住了双手？会不会被一只厚厚的麻袋套住了脑袋？……我想象中，在现代的S市，警察是文明执法的，应该不至于，不至于像谍战电影里那样。他面对的是警察，而不是绑匪。但是关他的房间，有没有窗户？

一日三餐都吃点啥？这些问题我还是想了个遍。

毫不夸张，我充满悔恨。如果不是我，我叔叔此刻应该也只是配合着警方做一些关于我婶婶的回忆吧，像我一样。但现在，他被怀疑是凶手。

再说一遍，我不相信我叔叔会杀害我的婶婶。

他是知识分子，胆小的知识分子，知识分子不会打架，更不会杀人。我无法想象我叔叔拿着刀的样子，更无法想象他脸上会露出狰狞的面目。

找到证据之后，我心满意足。看了一会儿证据，挺像那么回事。同时心里五味杂陈。

我想我得休息一下，以保证我的状态够好。前一晚我并没有合眼。去洗完澡之后，我躺在床上，在床单上印下自己的形状，希望能有两个小时的短暂睡眠。两个小时也好。可是翻来覆去，床单上的形状千奇百怪之后，我依然没有达到目的。这几天我的睡眠障碍加剧了。当一个人对一件事、对某个人产生了愧疚，那这个人就会产生很强烈的不安。这影响到睡眠，也影响到胃口。我想着我叔叔，想着他用义肢不那么正常地走路的样子，我可怜的叔叔，他不应该遭受这样的对待。

至今我都还记得他刚刚装上义肢时走路慌张的样子，随后几次，他开始慢慢适应了义肢，当他穿上裤子，走路恢复了一些自信的时候，虽说不如小时候我印象里，他像一溜烟那样走路，但你能看出来他对明天和未来有期待的那种眼神。

我不能让他那个眼神忽然之间消失。

但是我也想起那个夜晚，我叔叔一脸落寞地进我家门的样子。

说起来很奇怪，一个对未来有希望的眼神，和一个落寞的眼神，在我叔叔的眼睛里短时间同时出现过。

可怜的人，可恨之处在于，他好好打麻将不好吗？为什么要去玩牌九？为什么跟不认识的人玩？为什么玩那么大？疯了吗？简直就是一个蠢货。蠢到令人咬牙切齿地恨。

要不是因为他糖尿病发作，脚腐烂，在家昏迷，然后送去医院救治——我猜想他就应该是处在整天躲债的阴霾日子里。

但无论如何，事情没有往最坏的那一步走。对我叔叔而言，曾经，对我叔叔而言，债是他最大的问题。后来，当他的生命因为糖尿病以及并发症突袭，受到了威胁，债这件事就退而求其次了。他现在剩下的唯一的问题，就只是那些债了。命保住了，债还在。

我做了一个决定，我决定不睡觉了。

是谁杀了我的婶婶，对我来说并没有那么重要——我是说在我叔叔还在被怀疑这个大前提之下。我一定要帮我的叔叔。因为，他帮过我。如果我还有点人性，我就应该站出来。

现在唯一的方法是，如果我能指证当晚的监控里也出现了另外可疑的人，多一个人，就会帮我叔叔承担一半的嫌疑。加上我这边的证据，我叔叔就有生路，有机会重获清白。

我并不知道这个方法是不是能够解决我内心的歉疚。但我安慰自己，一切皆有可能。

12

　　反正没休息成，我提前到了派出所，等到八点半，太阳早就红彤彤，像个血球，血球的光射在派出所的大墙上，反射出诡异的光线。我就站在那道反射光下面，被照了一个清清楚楚。

　　石门三路，路如其名，都是石头大门。

　　我忽然想到一个词，以卵击石。如果我是卵，刘警官和他的同事们所代表的，就是石头。

　　刘警官告诉我他们晚上值班的时间，也告诉了我他们早班的时间。来到石门三路派出所门口，等待了半天，刘警官终于也出现了。他是在太阳的背景下出现的，我看着他，仿佛看着日全食。

　　刘警官也看了看我，点头示意。不知道是不是他们昨天稍后的会议中又有了新发现、新判断、新方向，看他的表情，仿佛对我之前的交代不是特别满意，觉得我在胡扯，又找不到我胡扯的证据。他脸上的表情非常无奈。

　　这回他直接问我："小火，你说的那个证据准备好了吗？"

他已经不想听我胡扯了，只想看我所谓的证据。

"嗯，准备好了。"我摸了摸口袋，意思是证据就在那里。

刘警官也看了看我的口袋，明白了我的意思。

"那你们开会有新的进展吗？"

"还在继续审问。"刘警官思考了一下，说了一个对我来说非常有利的事实："你叔叔还是没有认罪。"

"他就不是杀人犯，认什么罪？"我跟随刘警官往派出所深处走去，嘀咕道。他走在前面，我走在后面。当我这么小心翼翼地反问一句，走在前面的刘警官就回头又打量了我一下。前半句我说的很用力，后半句我认为应该控制一下自己的情绪，说得比较轻。但刘警官还是回头用质疑的眼神看着我。

"你为何那么肯定你叔叔不是凶手？"

"因为……"我说，"因为我相信他是个普普通通的好人。"

刘警官继续往前走，意味深长地说了一句："那我也希望你叔叔永远都不要认罪。"

通往他办公室的走廊挺长，我跟着他的步伐，走了感觉几百米的样子。

等一等，这么看来，刘警官是自己人？他也不相信我叔叔是凶手？刘警官能有这个立场我稍感意外，我认为警察都是以证据说话的。如果他不相信我叔叔是凶手，那么，他会帮助我，和我一起为我叔叔洗脱嫌疑。

还是熟悉的场景，我坐在刘警官的对面，而刘警官开始为我泡茶。他还是戴着墨镜，不然我或许能看出他昨晚是否努力工作了。

"刘警官，我有个请求，那就是我能不能看一下那个晚上所有的监控录像？我想帮我叔叔。"

"朋友，"刘警官叫我朋友，当然我听出了其中的嘲讽之意，"我们同事都看了几天几夜了，怎么，你能看出不一样的？"

"对，假如我能找到我婶婶出轨的那个相好呢？如果他也在现场，他是不是也一样有嫌疑？"

"为什么你会这么认为？"

"因为我还知道一些事。"我确实知道。

刘警官警觉了一下。

"他们说，我妹妹是那个人的孩子。我婶婶和他分分合合好多年，严格地说，是我婶婶在嫁给我叔叔之前，就跟他好了，怀了他的孩子才跟我叔叔结的婚。我这么说对我叔叔不好……不好的意思是，如果我叔叔并不知情，受骗了……但我得觉得这是真的，我叔叔是受骗了。"

我知道这其中有一部分是真的，我叔叔告诉过我，也不用他告诉我。不到万不得已我都不会这么说。

"现在需要证据。来吧。"刘警官向我讨要证据。

我拿出了手机。我见过凌晨四点的S市，天天见。昨天凌晨四点的S市，一个三十多岁的男人，去他的车里复制了所有的视频文件，一一翻查，颇费苦心。不得不说这种车载录像软件还是有很多缺陷的。但是不负有心人，也亏了一些意外情况阻止了我继续做专车的工作，以至于视频没有被覆盖。

真相有时候会被覆盖，会被遮蔽，但不代表不存在。

看见了，视频很清楚，那个男人搂着我的婶婶，那亲昵的样子令人作呕。我忍住了恶心，继续看了完整的十五秒。十五秒就够我恶心的了。

他，白色衬衫，东倒西歪，皮鞋在酒店门口竟然还能反射出亮光。他，很可能，应该就是，传说中的我婶婶的相好。

刘警官看了看视频，没看完整呢就又把视频拉到最前面，我不知道他在确认什么东西。但他给了我一个确认的眼神，随后又笑道："这是行车记录仪，作家小火居然还开专车。"

我顾不上接这一句像是挖苦的玩笑。

"如果你能找到这个男人，那这个男人我们肯定要调查走访的。虽然目前无法确认他有行凶的动机，但肯定要查的。万一这个男人当晚也在附近出现，那你叔叔就有机会洗白了。明白吗？这很重要。"

"有动机，你看下去。"我提醒刘警官。十五秒的内容就足够丰富的。

只要看下去，就能看到那个男人冲着我的婶婶大吼大叫的样子，还推开了我婶婶想去挽着他的手臂。

这就证明，他们有争吵，有冲突，有矛盾，对不对？

"情侣之间……"

"对，你看，刘警官，你也说是情侣。"

刘警官被我问住了。

"情杀。"我说，"有没有可能是情杀呢？"

刘警官看了我一眼："你可能真的是，天生的小说家。"难以分辨，是否含有嘲讽。

　　我沉默。因为我确实不知道他这句话是不是又一次在讽刺或者怀疑我话里的真实可信部分有多少。

　　但无论如何，真是幸运，差不多一个月前，我决心重操"旧业"，做一个专车司机。是我做了专车司机，才有了这个视频，有了这个视频，我才能帮我叔叔一把。我知道那个男人那天就在梦辉。我知道。只是我得有证据。我不能说我是听我叔叔说他在。

　　没有一件事是白费的。我突然想到这一句鸡汤，用在这里特别应景。

　　那时候阿珍还在我身边。我们在一起。虽然已经穷得叮当响，但我们在一起。

　　阿珍遇上了我这辈子最穷的时候。很抱歉。但也很开心，有一种被命运关照的欣慰。

　　命运关照了我。让我在失意时分有人陪伴，让我开心。

　　可是再开心，也得有钱。我想了很多很多方法去挣钱，包括跟我婶婶的几次合作，但都一一失败，最后只能试试去开专车。

　　只是，阿珍突然离开了我。之后，我就失去了一些生活。甚至失去了某种支撑。表面上就是这样。

　　于是突然也不想努力了，也不再有动力去开专车。

　　表面上就是这样。

第二章

1

几年前的我，热爱写作，热爱电影。生活在一片文学与艺术之中。文学与艺术让人的精神世界充盈，充盈到接近幸福。

当时我最喜欢的是阿莫多瓦的电影。我曾经和 jaja 看了阿莫多瓦的所有电影。那是我回忆里最美好的时光。我会和 jaja 在看了一部电影后聊很久，关于男人和女人，关于人性，关于生命中很多不可避免的错误，以及如何弥补错误。总而言之，我们既像是在阿莫多瓦的电影里找自己，也像在扮演某个电影里的角色。

在阿莫多瓦的电影里，很多普通人，干着事后看起来颇为极端的事，但因为干了，将错就错也好，亡羊补牢也好，只能继续下去。当时我们好像既找到了自己，又觉得那样的自己不可思议。

jaja 也会问我一些傻乎乎的问题，比如说："你是不是真的爱我，而不是像威尔顿那样，只是在骗我？"

我当然被她问住了。爱不爱，这种问题都是陷阱。很快，我明白，jaja 这个问题确实是很傻的问题。

我问："威尔顿是谁?"

jaja 记错了。她在我们看完一部阿莫多瓦的电影之后,用了伍迪·艾伦某部电影里的男主角来对我进行爱的逼问。

伍迪·艾伦,是我俩共同喜欢的另外一个导演。

"我不是威尔顿,我的眼里没有上流社会。"我说。如果你硬要说我是伍迪·艾伦电影里的谁,我觉得我更像是胡安·安东尼奥。

我们当时也刚看完《午夜巴塞罗那》,自然,jaja 对这个人名还是有印象的。

"你想死啊。"她对我大叫一声,朝我挥起一个大大的手掌。

我笑嘻嘻顺利地逃了过去。

胡安·安东尼奥,可以同时开展两段以上的感情,并且游刃有余。

在电影里找自己这件事挺有趣,如果想这么做,就一定能做到。

令人意外的是,在和 jaja 分开后,我再看阿莫多瓦的一些电影,或者伍迪·艾伦的某部电影,都没有找到自己。

那天夜里我看了一部马丁·斯科塞斯的电影,我又找到了自己。我像是出租车司机特拉维斯,在没有成为英雄之前的特拉维斯。

最后一次开专车是在那个中年男子从我的车上下去之前,我被他轻蔑的笑声击中了。

他说:"现在开专车只可以生活,只足够生活。"

但我说："我享受着开车的乐趣。"

他反驳我说："刚开始是有乐趣，后面迎接你的是漫长的冰冷的白天。"

我说："朋友，你这话水平挺高。"

他说他以前也是一个司机，但后来他决定做金融。天赐良机，他跟对了一个老板，做起了互联网金融。他试图说服我也跟他干互联网金融。

但我委婉拒绝了。我拒绝的理由是，我既没有这个本钱，也没有任何这方面有关知识和经验的积累。但好像这些都不重要似的，他继续试图说服我做他的下线。而我不再接他的话。

我认为这是无趣的也不会有结果的对话。这导致他下车前，对我笑了笑。

但我理解这个笑容，他是嘲讽我，失去了一个大大改善生活的机会。

他嘲讽的不光是我错失了这样的机会，错失了一个带头大哥，更是嘲讽我的愚蠢，智力的偏狭。

在他下车后，我也下了车。我目光凶狠地盯着他问："你刚刚在笑什么？"

我知道，这时候我想到的是昆汀·塔伦蒂诺的电影片段。彼时彼刻我想在他的电影里扮演一个角色。

那个中年男子被我的质问镇住了。但我也没有打算善罢甘休，直接上去推了他一把。简单地说，我想跟他干一架。

后来我就被投诉了。做互联网金融的这位大哥，还擅长打投诉电话。他们总是通过电话解决人生的问题。而且他成功了，我被平台和系统暂停了接单功能。

被停业，这是回到家收到了平台短信我才确认的。但我无法跟阿珍说，我觉得这挺丢人的。阿珍和jaja不同，她无法理解我希望从电影里寻找自己的动机。

我开专车是为了让阿珍多一些买菜的钱，才开始不到一个月。可以说，开专车让阿珍对买菜这件事，渐渐有了更多的信心和选择。

阿珍做饭的时候，我躺在床上想让自己静一静，但发现这挺困难的。我打开了电脑，原本准备打会儿牌或者开个什么游戏，但翻着翻着来到了电影的文件夹，就看到了阿莫多瓦的名字。那个以阿莫多瓦命名的文件夹里，排序第一的是《对她说》。

我再一次想到了jaja和我在那些日子里看阿莫多瓦的样子。

jaja可能是我这辈子最喜欢的女孩子。我把"可能"两字放在这里，毫无疑问代表了我的不自信。

我从来对自己最爱谁，没有自信。

以前觉得最爱的人，后来成了我的亲戚。后来我最爱的人，离开了我。现在我的爱人，在身边，但我不知道能否堪称我的"最爱"。

我和jaja无所不谈，兴趣相投。但我总觉得这还达不到我对一个伴侣完完全全的想象。

在我想象中，我的伴侣，应该时不时会给我一个甜蜜的吻，会时不时抱住我，一直对我笑。

仿佛，我想念的就是那个甜甜的吻。但 jaja 经常给我一个酒气熏天的吻，甚至还伴着不少烟味。

jaja 爱喝酒，烟不离手。

我不知道最后让我失去 jaja 的究竟是什么，可能是我的骄傲和冷漠，也可能是命运的作弄。

jaja 后来再也没有联系我。我试图联系她，但却一直没有回音。

有一段时间了，我都在给 jaja 写微信，写完，没有点击发送，就存着，下次继续写。上下滑，我怀疑我已经给 jaja 说了几千字了。

直到有一天，我尝试把我一段时间内给 jaja 说的话都发出去。但是，我被拒收了。

jaja 已经拉黑了我。

我对着手机屏幕苦笑了两下——这实际让我很崩溃。也就是说，我再也没办法跟她说话了。我想对她说话，但是她不允许我这样做——一个骄傲的人，此时此刻就会很崩溃。

突然想起 jaja，是因为我想对她说，今天的我已经很接近阿莫多瓦电影里的男主角。

我想杀了我婶婶。

我怂了。

我婶婶死了。

但我现在着急要做的却是要帮我的叔叔洗脱罪名——而

不是去追查杀我婶婶的真正凶手。

　　现在我只能把话说到这里。阿莫多瓦电影里的男主角，毕竟都是沉默寡言的。

2

和 jaja 分手之后半年，我从出版公司辞职，然后开了一个书店。

很快，我的书店也从张灯结彩变为经营不善。

书店关门后，我看到自己一片狼藉的生活，不可避免地灰心丧气。

那段时间是我最落魄的时候。我想是这样的。灰头土脸，是因为不再洗脸。起床常常已经是下午，拖着懒洋洋的步伐，终于来到了卫生间。照照镜子，试图从镜子里看到另一个人。但这个人当时还没完全出现，只是隐隐约约的。

一天可能只进食一次。因为缺乏饥饿感。缺乏所有感觉。

这样的日子大约持续了一个多月。形象渐渐枯槁。

我也有自我反省，比如说我是不是在某些事情上做错了什么。

我不应该和 jaja 分手——尽管我是被迫的，但我依然逃不脱干系。

我也不该辞去工作去开书店。

我最不应该把书店干倒闭——尽管我认为干好这件事是

我能力范围之外的。

如此种种，让人更加沮丧。

我的同学阿珍，终于像是被谁派来的，进入了我的生活，抚慰我。

原本只是一次朋友圈的随机互动，然后相约一个方便的周末，叙旧，喝酒。

对我而言，和jaja分手之后，已经很久没有喝酒了。和jaja在一起的日子里，我像是个陪酒的舞女，免不了常常喝多。想想挺好笑。

太久不碰酒就会把酒后的抑郁忘掉。原本我不喜欢那种酒后的抑郁，充满自责，又没胃口。

因为我太想有人陪着说话。简单点说，想有人陪。我觉得有可能，就试着在阿珍的朋友圈留下了我的发言——以我当时懒洋洋的个性，我完全可以不留言的。但阿珍的朋友圈给了我很大的信心，甚至可以说，阿珍给我的是一整个惊喜。

因此，阿珍来之前我特地打扫了房间，费了很大周章。不得不说，我仿佛看到了什么希望。

然后我还点了蜡烛，营造了浪漫的氛围。我不是想念火光，而是纯粹觉得这样可能是正确的做法。

阿珍进屋，我一开始没好意思看她。坐下来之后才有机会细细观察，趁着寒暄的档口。

很久不见，她比我记忆里好看了些。烛光摇曳，照耀着阿珍的脸。她的脸又圆又红，像苹果，也像馒头。不管怎么样，都是好吃的。久违的饥饿感。

在大学里，我们没有说超过三句话，那晚，酒后的我们说了至少有三百句吧。

我说："咱们也快十年没见了。"

"是啊，你那时候挺骄傲的。"阿珍仿佛嘲讽一般。在我的眼里，所有对我性格的夸大的描述都像是嘲讽。

她好奇的是为什么这个时间点我会约她见面，不那么骄傲了。

"我现在也想骄傲。但条件不允许了。"我说。然后又说了这些年的境遇。

"你别这样。你是什么样，就该什么样。"阿珍这语气，加上这说辞，擅长做人生导师。

我闷头给自己又倒满一杯，不想多聊这样的话题。阿珍很难得，是一个大活人。我已经把自己关在家里好久了，终于有活人来看我了。

阿珍也很配合，配合着我，把两瓶红酒都喝完了。

随后，我们聊了聊近况，也聊了聊各自的感情生活。

我的前女友是她的高中同学，这既产生了一些尴尬，又让我们拥有了对某些话题谨慎发言的心照不宣的默契。

"我们说好，不提 jaja，好吗？"她建议。

我当然接受了她的建议。我很容易被说服的，在那样的环境里。

那晚，阿珍在我家留了下来。像疯子一样，我在她脸上胡乱地啃。她表示了接受和同意……

当我把阿珍压在身下时，我终于觉得生活是火热的了。

3

以前有个人跟我讲过这句话："以后如果你和别的女孩亲吻。你一定要记得我给你的吻。你要比较。你可以比较。你会比较。然后问问自己，我给你的是不是其中最好的。"

神经病啊。说这话的人一定是个神经病，而经常想起这句话，代表我也是个神经病。

和阿珍的吻，当然称不上是最好的。比 jaja 的更普通。我是说，连烟酒味道都没有。可能也是因为我喝了酒的关系，我什么味道都没有品尝出来。只是觉得软，并没有觉得甜。

甜，是我对于一个吻，最想要的味道。

后来的日子，我发现阿珍总是把家里打理得井井有条。她可以出现在家里任何需要打扫和清理的地方。她出现后，我家从一个单身汉的破烂的地方，变成了几乎可以接待客人的民宿。整洁总是令人赏心悦目的。

我这么说，是因为我发现自己一天天地开始接受阿珍，习惯阿珍。

开始，阿珍一周会来两三天，会做饭给我吃，还不难吃，特别难得。

慢慢地，她的到来越来越成为我生活中的期待。

我们经常一起喝茶聊天，也会亲吻和做爱。

有时，我真想抓住阿珍的胳膊，审问她，你是不是jaja派来的卧底？为什么长得这么好看（夸大其词），对我还这么好，是不是jaja还对我念念不忘？故意派你来监督我的生活？你们同学聚会聊的是不是这件事？

但马上觉得这种赞美方法也不对。

何况，据我所知，阿珍和jaja，并不是同学之中关系要好的那种。要不然，也不会……

吃了阿珍的饭几个礼拜之后，我决定邀请阿珍天天为我做饭。

阿珍很快就答应了。她答应的原因，一个是我家距离市中心更近，去哪儿都方便。她强调了这个原因。

另一个原因，我猜测是阿珍的房租也"恰好"到期。

我发现阿珍也失业很久的时候，竟有一丝高兴。

我们俩都没有工作，都没有钱，有那种同是天涯沦落人的惺惺相惜。

那天黄昏，阿珍给我看了她手机微信里的余额，说就这点了。

我并没有心生同情，也没有别的任何悲观和糟糕的情绪，我觉得很有趣。理论上应该产生的情绪都变成了自嘲。

可怜的人。一千五百零三块，几毛。几毛不重要。一个快三十岁的人，一千五百零三块，几毛。没有其他存款。

我轻松地说："还够买十次菜。"心里算了算，那就是我们一个月左右的生活费。如果只是买菜。

而那天早上我刚刚从支付宝里借了点钱，给叔叔垫了医药费。

生活跟钱有关，就挺烦人了。生活跟缺钱、借钱有关，就折磨人。

但是生活中有了阿珍，就还算可以。

4

可怜的爱打麻将的知识分子，我的叔叔，脚烂了大半年才知道这是糖尿病足，严重到已经需要截肢才能保全性命。医生带着同情和嫌弃的脸色告知。

手术并不复杂，几天之后，叔叔保住了性命，却没了自己的腿。

仿佛是有了对比，我们没有钱，比起我的叔叔没有腿，还是幸运很多的。

但这只是一种特殊的毫无价值的对比，一种自慰造成的错误对比。

而且实际上，我叔叔没有腿，和没有钱，多多少少有一点关联。

叔叔总共入住了三家医院，托了为数不多的一些所谓关系，终于找了因为间接认识而产生信任的医生，用了合适的药。前两家医院的住院押金都是五位数，把我叔叔用来打麻将的备用金花了个精光。

这里便宜一点，但因为叔叔已经精光，我作为侄子只能……好在能承受得起。支付宝的借款额度，我还有一些。

出于虚荣，在我叔叔面前，我希望保持一定的体面。尽管他也知道我书店倒闭之后这一年，手头并不阔绰。

医院的收银系统收走了我余额里最后三千块。叔叔问起这些，我对叔叔说不要关心这些。但我叔叔明显还是关心的，好几次他都抱怨，甚至丧气地说："如果不行，就放弃吧。"

叔叔说："我真的没有钱了。"

无可奈何，绝望。

那时候他还没告诉我，除了没有钱，他实际上还欠着一些债务。赌债。哪怕后来，叔叔也并没有说出他究竟还欠了多少钱。

我们家的人都一样，觉得贫穷是不可告人的秘密。

我对叔叔说："不是还有我吗？"但要多心虚就有多心虚。

"万不得已，困难了，去找你婶婶。"我叔叔躺在床上继续虚弱地说。可能，婶婶是他最后的希望。

我没有去找我婶婶。我知道他俩的关系。实事求是地说，我并不知道叔叔是否清楚我和婶婶……的关系。这件事可以用讳莫如深来形容。或者说心照不宣更合适一些。

"你去找你婶婶，你去的话，她应该会帮。"叔叔带着一种马上要离开人世的口吻，试图说出一些陈年实情。但我并不想继续这样的话题。

不到万不得已我都不会去找她。去找她干吗呢？去丢人现眼吗？

我找她会很体面，我希望跟她"合作"。所谓合作，就是共赢，不是谁欠谁。

那一次见我"体面"地见到了婶婶。她当时很忙，但还是把我拉到一边，说："你把这些鸡汤都留给我。我卖多少给你结多少，赚的都是你的，行不行？"

我也没带多少鸡汤，我心想这些肯定不够你一天卖的。以我的商业头脑，我预料到这款自加热的鸡汤会热销、常销。

而婶婶实在太忙了，一会儿就有人喊她的名字。她大喊一声："马上来。"然后又对我解释说我那个房间的客人特别难搞："小火，回头我给你电话再约，行不行？你叔叔的事，靠你多帮忙了，行不行？"

当然行。只是对我这样一个热情的销售代表，多多少少有些让人……

婶婶变了。我看着她迈着大长腿还一路小跑奔向那个客人的房间，感觉一切都已经被时间所改变。

那天，我看了一会儿周围艳丽的小姐姐之后，心里叹着气离开了梦辉。

我觉得婶婶只是忙。只是因为忙。并不是不重视我的生活和生意。

5

　　我也拿出我的手机，只剩下一百三。我骄傲地给阿珍看了看。阿珍是很好的人，用英文来说，就是很 nice 的人。哪怕我们如此穷困潦倒，她还允许我帮我的叔叔垫付医药费。换作其他女孩真不一定这么轻松自然。

　　但还能怎么样呢？她不也就一千五百零三块，几毛。

　　不管怎么样，叔叔住院的钱解决了，但手续该办还得办。为此我开了一天车，就为了给叔叔办一个用血证明，就为了这个，绕了 S 市一天。不怪职能部门，我叔叔也有一定责任。他奇葩的人生也体现在身份证上地址是北区的，户口在东区，医院则选在性价比最高的西区——所谓的性价比，就是我们托到的有间接关系的医生，他恰好在西区。

　　当年令人赞美的城镇户口，现在却成了一个无比麻烦的东西。

　　朋友委托的医生态度很好，温柔地告诉我去西区血液管理中心敲个章，这个手续必须办。西区管血的小姐姐看了看我叔叔的身份证，说得去北区。到北区，北区管血的小姐姐看了看资料，说我叔叔户口在东区，得去东区盖章。到东区，一开始没找到管血的小姐姐，后来打电话才知道，管血的地方搬家了，搬去了十公里以外的医院。

我一脸怨气，但最后坐到了车里还是收拾了自己的情绪，只是叹了口气，以此抑制住那些糟糕的情绪。接着又启动了汽车。就是在这次启动汽车的时候我来了灵感。

我认为我可以开车谋生。我这么多冤枉路跑来跑去，都能应付——还不如靠这个赚点生活费。

回程途中我已经在构思，或者寻找我去开专车的充分的理由。理论上我应该去干更有技术含量或者有一定知识和经验储备的工作，但世道并不好，那种工作僧多粥少。我吃饭的本事，除了写字，剩下就是开车子。如果我实在需要钱，写字来钱慢，我狠狠地劝了我自己，那就开车子去。

这辆车子是前几年风光体面的生活留给我最后的财产。出版公司的老板，为我那年成功签约了一个畅销书作家，给了我一笔不菲的奖金。

人生很有意思，当你在高处的时候，当你意气奋发，想干一番大事业的时候，当你有了那种大碗喝酒大口吃肉的豪迈情绪的时候，却突然迎来一段看不到尽头的下坡路。

当时我以为开书店会有很不错的生意，尤其当你可以卖咖啡的时候。谁料，不光我自己不喜欢喝咖啡，来书店的人本来就不多，花钱喝咖啡的更少。

不是做生意的料。后来朋友们也都这么安慰我。虽然我不觉得这是一种安慰。这分明是一种贬低。

6

"这辆车是我唯一的财产了。"我指了指它对阿珍说，表情就像一个脱口秀演员。"有一天我做了一个噩梦，这车给人开到河里去了，打捞上来，废了。可把我难受的，差点就哭了。"

"这就是你所谓的噩梦？"阿珍先是准备过来抱抱我，突然又意识到不对劲，就这么奇怪地问我。

"当然，梦醒来发现这是个梦，特别高兴。感觉就像捡到了一辆车。你不知道我在梦里有多难过。"

"我就问你，如果把它卖掉能卖多少钱？"

"前一阵想过卖了，一问，才十万。就打消了念头。"对我现在而言，十万并不是一个小数字。只是，阿珍说的，我本质上还是一个骄傲的人。我还不想变卖让我骄傲的东西。只有那些让人骄傲的东西存在，我才能继续在想骄傲的时候骄傲一番。

"那现在估计不到十万了。"阿珍说。

"应该是的。"我心想阿珍对贬值这件事了解得比我还深刻。"所以我想用它来开专车，赚它个一百万。"我说。

一百万是一种修辞，让人可以放心买菜的修辞。

说出这个想法之后，我希望得到阿珍的嘲讽，就像后来刘警官嘲讽我的那样。

"想不到作家小火还会去开专车。"

我在我的脑海里已经亲自嘲讽了自己一百次。

这才是我想象中，人们应该对我的态度。尤其是那句"赚它个一百万"，这难道不值得嘲讽吗？

"那么，请问，这车的副驾驶坐过多少位女性？"峰回路转，阿珍没有顺着我的思路进行嘲讽。她已经获取作为我女友应该有的立场和角度。此刻，她就坐在副驾驶上。她不应该夸赞一下这辆车的内饰吗？

"朋友，你年纪也不小了，为什么还会问这种问题？"

我知道，这时候进攻是比较合适的防守。

"别打岔，回答我的问题。"年纪不小的阿珍没有被我的进攻干扰到。

既然如此，"我做过一阵滴滴司机的。"我老实交代。

"那女客人也不太会坐副驾驶吧？"

"我还做过一阵顺风车司机。那真挺多的，我是说坐副驾驶的顺风车客人。你知道吗？如果你开顺风车，系统会建议客人坐副驾驶，因为这对车主来说更有尊严，更像一次社交结伴，而不是一个单纯的司机。软件希望这样能激励车主的接单热情。"我就像一个产品经理推广着自己的产品。

"别扯没用的，我问你有没有加了微信的？"

"确实有，一个语文老师。我们聊了很多……"

"难道聊了文学？聊了你最擅长的领域？"

"聊了中小学生的作文，以及现在的语文教育。"我苦笑道，"现在的语文老师，比起我们那个时代，感觉敷衍多了。"我尽量往一些无关紧要的方向上说。

"胡扯吧你就。就加了一个？"阿珍继续抓重点。

"那也不止，不过后来大部分都删了。我也嫌麻烦。"

这是真的。当你觉得这种微信好友其实没有任何意义的时候，你就会像扔垃圾一样把她们都扔掉。

"大部分？"

"记得的都删了。有一次我想起一个客人，跟她说话，发现被删了。所以其实都是客气礼貌才互相同意加的微信。"

"那这些都扣掉，你能算出多少不是你滴滴司机的客人也不是拼车顺风的客人而是正常女性朋友坐过副驾驶？"

我在想，想一个什么样的数字才合情合理不算违法乱纪。我甚至希望此刻前方不要有一个红灯，甚至我希望前方发生了点什么，以此可以让阿珍关心点现实生活。

但同时我意识到，阿珍开始严格履行作为一个女友的职责了。这让我变态地高兴。

她爱我。我想。我被爱着。

但这件事只能给我一半的幸福。另外一半取决于我自己。

我以为阿珍会接着问滴滴司机关于开车和艳遇的事，还没回答她数字，没想到她的思路又飘走了，开始研究微信里的异性朋友。

"请问,你微信里还留着多少有暧昧关系的女性朋友?"她指了指我的手机。幸好,她不极端。她没有借机让我打开我的手机,清点微信里的社交关系。如果她这么做就好了,我可以直接告诉她,这是我不能接受的。

"什么是暧昧关系?"我故作轻松,笑着问。

"就是在合适的时间合适的地点合适的氛围你们会那个的朋友。"

"你把暧昧形容得太肤浅了,阿珍。"

"那你跟我说说你理解的暧昧是咋回事吧。"

"就是没事就想聊聊天的那种?没事就想一起分享人生,分享感悟,分享一切的,我跟你这样的?"

"别说得我是你暧昧对象一样。"阿珍假装生气。这还挺可爱的。

"我们现在开车,像是兜风吧?"我说,"以后你坐上我的车,可就得付钱了。你要珍惜现在,在我还不是一个专职司机的时候。"

阿珍笑了,说好。她以为这是一个浪漫的玩笑。其实我只是想结束这个话题。

这个话题结束了,但下一个话题又开始了。

"对了,你刚才说我年纪不小了,到底是什么意思?你嫌我老了吗?"

这是一个容易让我犯更大错误的问题,好在这时候阿珍的电话突然响了。她看了看来电显示,很慌乱地按掉了通话键。

"咋了,"我别过去看着她说,"你前男友吗?"我借机报复。

"差不多,骚扰电话。"阿珍解释道。但她没有笑。如果是应对我的玩笑,她这时候应该笑才对。非但不笑,她还有一丝紧张,或者说尴尬。

我视力真挺好的,就那一瞬间,瞥见了来电号码,是一个座机。0571 开头。是 H 市的。

据我所知,阿珍并没有在 H 市待过,所以大概率并不存在一个 H 市的前男友。

这个 0571 开头的电话已经不是第一次骚扰阿珍了。我见过好几次,包括我们第一晚,在我们喝酒的时候,她也摁掉过这个 0571 开头打来的电话。

阿珍的手机放在桌上的时候,总是把屏幕正面朝上。像是一个清清白白的人。

当时,我想,这确实就是一个骚扰电话。

此时此刻,我觉得阿珍的表情有点古怪。这种古怪的表情是藏着什么秘密的表情,仿佛那真是她前男友打来的,仿佛她真有一个男朋友,而瞒着我。

但我的热情冲去了我的多疑。

这不是阿珍第一次坐我的车,但我对介绍我的车有了新的热情。这辆车将在我们的生活里开始扮演重要的角色。

我一一说着这辆车的特点,但阿珍明显抓不住重点。她对汽车这个行业没有了解,更谈不上好奇。我希望哪怕阿珍演一演，表演出那种欣赏和激动，那样我也会更满足于我的热情宣讲。

"它就像是汽车界的苹果，你懂吗？"

阿珍只是勉强、礼貌性地点了点头，还是一脸蒙。对她来说，一辆车只要能坐着、放放音乐就行了。她上来就会通过汽车蓝牙连接自己的手机，放她喜欢的歌曲。

我终于接受现实。这个红灯恰好让我有机会打开滴滴出行的司机客户端。我希望把话题拉到我们要做的事情上来。

软件需要我重新上传个人资料——行驶证、驾驶证、保险等。曾经的资料统统需要更新，这次还有额外的要求，那就是我人脸认证。

我缓慢地晃了晃自己的脑袋，居然很快通过。一切都变了，但我的容颜还没有改变。智能系统还能认出我来，他们无法分辨一个意气奋发的脸，不同于一张落寞已久的脸。

在我重新绑定收款提现账户的时候，我对阿珍开玩笑说："要不，这次我绑定你的账户吧，我开车挣的钱我们全部用来买菜做饭。你把你的支付宝账户给我。"

不料阿珍说："我不用支付宝。"

这年头还有人不用支付宝，我心想真是落伍。但这分明是一句玩笑。我对阿珍的天真有了新的认识。

"你还真以为我作为车主去开车，系统可以允许我绑定你的支付宝？想得真美啊。那不乱套了吗？"

阿珍喃喃自语："那倒也是。"

我安慰阿珍："没关系，我到时候把支付宝的钱转给你就行了，咱们一样买菜。"

"我真的不用支付宝。"阿珍重复道。

麻烦是麻烦了点，看来我得支付宝提现到银行卡然后再微信转账给阿珍了。

"如果你开专车一个月能挣两万就很好，可以……"阿珍说。

"可以什么？"我问。

"可以很快还清你借邱老师的钱。"

"也没有那么快，得开半年多。而且有一个好消息。"我说。

"什么好消息？"

"我赚了钱也不用先还邱老师的钱。邱老师他说等我有钱了让我先还其他人的钱。"

"邱老师是你真朋友。"阿珍说。过了一会儿，阿珍好像回想起什么，又说："你这个司机应该属于流氓司机，到时候希望别祸害人了。"

"我有多流氓，你就有多爱我。"我伸出手，偷袭了她的胸口。

阿珍很快打掉了我的手。这次，阿珍终于笑着回应了我。

我喜欢她笑的样子，永远永远喜欢。

流氓司机，不错，这个名头不错。

我突然想起日本有一部电影，大学里看过，《性爱狂想曲》，说一个年轻人为了泡妞，去买了车。然后他依靠那辆车，泡了很多很多妞，成了一个彻头彻尾的流氓司机。那时候……我有了一个不切实际的梦想。

有一个红灯。我们停在红灯面前。阿珍打断了我的思路。

"要不要现在就试试？"她指了指我的手机。手机的界面显示着软件的首页。

流氓司机丝毫也没有犹豫，愉快接受了建议，狠狠按了软件中的出车键。仿佛按得越重，他越能更快出发。

"滴滴专车正在为您接单。"

这软件里的姑娘嗓门挺大。随即流氓司机又马上按了收车的按钮。只是试一试软件灵不灵，现在还不是司机上班的时候。

其实这时我很想跟阿珍分享那部《性爱狂想曲》，毕竟它曾经是我的生活老师。我想聊的是从老师那边学来的，年轻男孩和车，和女孩的事。可是我不知道这个时候，如果我这么做，是不是会暴露出我的本性——如果我还有本性的话。我也轻微意识到，我那样做，可能会让敏感的阿珍多一个怀疑我的理由。我甚至告诉自己，现在聊那个，是对阿珍的不尊重。

在我意识到这些的时候，我想我对阿珍的喜欢，我对她的情感，在患难之间，是不是突然相比以前，更加诚恳真挚了一些？

但我并不确信。

因为阿珍的吻，对我来说，依然不够甜。

有一次我问阿珍："为啥你的舌头不甜？"

她说："你是傻子吗？你以为我的舌头是冰糖葫芦？"

7

　　和我认认真真聊过《性爱狂想曲》的人，只有jaja。那是个午后，我们刚刚做完爱，躺在这里，就是这里。这皱巴巴的床单，是我们刚刚劳动的作品。阳光射在床上，射在那些褶皱里，也就射在我们身上。

　　"下次，我想我们可以试试在车里。"我说。疲惫的我，还有幻想的能力。

　　jaja躺在床的另一边，已经开始玩手机。她精力旺盛，是个活力宝宝。我觉得她这时候还能干很多别的事。

　　jaja说："等你有了车再说吧。那时候随你，你想怎么干就怎么干。"这种没脸没皮的话，也就她说得出来。

　　"真的吗？真的是想怎么干就可以怎么干？"

　　jaja头也不抬，背对着我，给我比了一个OK的手势。当时我感觉她就像一个摇滚歌星。

　　jaja就是那样一个人。内心丰富，自由且酷。自由是指她可以尝试很多新的生活方式，酷是指，她在不需要话多的时候，话并不多。

我不知道 jaja 那句话的意思具体是什么，重点是"怎么"还是"干"。

但是 jaja 明显不相信我马上会有自己的车。也不是经济的问题，那时候也没这么紧张，只是觉得汽车进入我们的生活好像还不到缘分。

我们在家里的沙发上，在小树林里，在夜里的公园草地，甚至办公室的楼梯间，都做过那件事。唯独没有机会在车里。

我只是想象着和 jaja 在车里。想象中，车里的真皮座椅，不会因为我们的劳动而变得褶皱。这就很让人期待了。

然后 jaja 就说："等你有了车再说吧。"

她给了我一个希望，然后又离开我，让我这个希望破灭。

我和 jaja 不知道算不算肉体之交，当然，精神上也是足够匹配的。她是很多年轻男孩梦想中完美的女伴，我想。如果我也曾想象过这样的角色，那 jaja 肯定也算。

但是生活很有趣，和 jaja 分手没多久，我就真的拥有了自己的车。而且我尝试了做一个司机。

我想拉上那些乘客，进行一次次未知的旅行。我的记忆虽然一直拉扯着我，但我依然对未来有渴望，对不确定、对意外抱有期待。

他们去哪儿我就去哪儿，哪怕天涯海角。我这样宣誓过。

对涉世未深又充满自信的年轻作家来说，这是真正的采风。我跟我的乘客都会充分地深入沟通，甚至触及灵魂。作为写作者，观察是本分，开车是为了搭载乘客，搭载乘客则是为了观察他们，了解他们，然后写他们。

当时我认为写作就是我终身的兴趣爱好，同时可能也是谋生手段。但我没想到的是，随后我就厌倦了写作……

我认为写作是一件有价值的事，在我得到出版商和媒体吹捧的时候。

当出版商和媒体对我冷眼相看时，我的厌倦就扑面而来。

奖励没有了，动力也就随之失去。

当司机的奖励是即时的。那时候当司机开滴滴，只是玩。就像一头雄狮抓住一只乌龟，不是为了吃，只是为了玩。这种玩的愉悦，是即时的。

但除了几次艳遇之外，一个字我都没有写出来——这是一种比喻。事实上是，后来我写出来的东西，再也得不到奖励，无论是出版的奖励，还是编辑的夸赞。当然，这两者可能是一回事。

随后我就来到了出版公司。当时我还自我开解，认为我这样屈服于生活，不做一个自由作家而去出版公司打工，为其他作家编辑出版作品，只是一种"不入虎穴，焉得虎子"的曲线救国。

没有想到的是，后来我就真的不再写一个字。

在出版公司里，我得到了老板的信任，并得到了奖金，然后用奖金买了一辆汽车，完成了当一个司机的梦想。

我不认为那是真正的梦想，那只是一种低级趣味的满足，尤其是，我始终没有得到一个甜的吻。

出于对情色描写的抗拒，以及没有必要，我就不展开讲了。

我想把人生中所有关于情色的细节，妥妥当当地放在我的脑子里，然后都带到坟墓里去。

反正，我想，如果我……

8

这次重操旧业,一切显得严肃得多。有时候我也会安慰自己,既然命运已经安排我到了这里,安排我继续做一个司机,我就要好好接受命运的安排。

正准备从衣柜拿一身像样的衣服,以符合我专车司机的形象,阿珍已经帮我拿出我最得体的衣裳。

我已经不记得我的衣柜里还有正装。一切生活都是阿珍在帮我打理。

我用温柔的眼神看了看阿珍,阿珍也看了看我。从她的眼神里,我看到生活的不易,以及爱我疼我的心意。既然我能看得懂,有这样洞彻人心的天赋,就告诉自己,要珍惜,要珍惜阿珍。

向命运妥协,以及珍惜阿珍。我觉得这样想我就会变得踏实、安全。

出发路上既没有风也没有雨,天气乏善可陈,对普通人而言就像任何普通的一天。马路牙子也沉默。但一切都无法改变我内心的期待,心情像是一个孩子出去春游,简直有点儿兴奋。于是，我的眼里，天高气爽，马路牙子也像是在微笑和跳跃。

在出门前我保持了一贯的已经被生活打败了的样子。那只是因为我不想让阿珍对我有什么误解和怀疑，不想让阿珍发现我出去开车是这样的心情。

有时我也怕阿珍问我关于之前和女乘客之间的暧昧故事，那是我在一次上头的时候跟阿珍坦白过的。男人的坦白都放在感情的初识阶段其实是好的。

虽然当时阿珍并没有表现得非常生气——这就是坦白在前头的好处——但这事有足够的长尾效应。

在那之后的日子里，偶尔吵架拌嘴，或者介于打情骂俏之间的那种，都会被阿珍提起往事。

"想女乘客呢？"她会这么来一句。不管有没有，我只能装作没有。

但我对阿珍还是有所隐瞒。在我看来，这种隐瞒，可能是我对阿珍这段关系认真的开始，也可能是我本身还没准备好把自己的一切都交给阿珍。

真正的坦诚会带来安全吗？未必一定是这样的。

我要成为一个滴滴司机该有的样子。在未知而广阔的生活面前，我坐上了驾驶座，打开了软件，把手机挂在电台口，这就出发。

很高兴，马上生意就来了。

第一单，是一位老太太，我从后视镜里看到她颤颤巍巍地打开了我的车门，然后坐在了后排。她称得上是一个讲究的人，对我的车子进行了一番不专业的夸赞。我表达了尴尬的谢意。

第二单，是一个上班的男孩，关于我这辆车，我们聊了很久。他说这是他的 dream car。我说曾经也是我的。但一旦梦想成真，事情就会发生变化。这其实是个深刻的话题，但是男孩没有接着我的话继续深入探讨。我稍稍有点遗憾。

随后的几单稍显普通，我想都应该是上班族，疲倦的上班族，没有跟我聊天的欲望。

我也没那么想聊，我只是希望能累积足够的单数，尽快让我从快车司机成为专车司机，这样能提高我载客谋生的性价比。

一天的时间，过得不慢。

这时候已经接近凌晨。我以为这个时间点也会有生意，没想到这个软件突然陷入了迷茫，始终在寻找乘客。而我一直期待的年轻的漂亮的女乘客迟迟没有出现。

至于我为何还会期待年轻女性乘客，实在是令人自责。

空车驶过北区的血液管理中心，一个巨大的红十字标志，就像一种警告。然后来到了西区血液管理中心。同样的警告。夜里的高架桥像是空腹的肠胃缺乏内容，我看着地图，意识到再开下去马上要到我叔叔的医院。如果到时候还没有乘客，我是不是需要进医院去看望一下我的叔叔？

没想到，叮叮两声，单子来了。

会是一个女乘客吗？深夜时分，你想去哪儿呢？我能带你去天涯海角。

我顺着地图导航，经过了我叔叔的医院，我抬头看了看十楼，那是我叔叔的病房。

对叔叔行了来自亲人的注目礼之后，下一个红绿灯，S市之夜大酒店，就是我乘客所在，我所要抵达的乘客的出发点。我知道那里有一家KTV，很受欢迎。

避开黄线停下了车子，抬头一看，远处，乘客正向我走来。

不错，是女乘客。高挑而婀娜的身姿，符合我一整天的最美的想象。

但是，她身边还有一人突然也从灯光下走进我的视野。灯光同时照亮了女性的侧脸和男性的正脸。太远了，我还看不清他们的容貌。

一会儿，他们互相搀扶起来。严格说，是女人搀扶着男人，男人弯下了腰。

夜色里，灯光下，女人衣着很时尚，整体不算糟糕。可惜有个男伴。这让人扫兴。这会让整个旅程当中我完全以司机的身份，被利用，被指挥，而不是一个可以随时深入聊天的陌生车主。

一般而言结伴的乘客会更倾向于属于他们俩的话题。

糟糕，随着他们走近，我越发尴尬起来。

没错，这人，是我熟悉的人……是我的婶婶吗？

是的，是的。他妈的，我确定了。

我的婶婶搀扶着一个中年男子向我的车走来。越走越近。我已经能隔着汽车玻璃听到她高跟鞋和地面敲打的声响。

我的婶婶还注意看了看我的车牌。我无法确定她是否能记住我的车牌。她没坐过几次我的车，但她是个聪明人。

突然，那个男人推了我婶婶一把。那时候，他弯下的腰也直立了起来。

就在那个时候，我找准机会调转了车头。我认为那是我逃离的唯一的机会。

我一路往回开，甚至在车里点了一根烟。这就意味着，我已经正式拒绝了这单生意。

我看见我的婶婶，她跟着一个中年大叔模样的人，半夜在瞎混——虽然有一点心理准备，还是感觉触目惊心。

人就是这样，哪怕你知道地球要毁灭，真正眼看着地球被毁灭，还是会慌乱。

慌乱之后，也会应对。都已经这样了，还能怎样？我已经看着我婶婶和其他男人在一起鬼混了，还能怎样？难道去告诉我的叔叔不成？

不成，但回家后我跟阿珍兴奋地说了这件事。我能藏得住秘密，但有个前提，那就是我得把我的秘密化妆之后，说给一个人听。这是我唯一能保守秘密的办法。

"哪个KTV来着？"阿珍总是能关心到我提到的话题之外的另外一个话题。

"S市……之夜。"我把这四个字切开了，仿佛这样会让它们听上去不那么坏。

"啊，是什么样的KTV？"

我感觉莫名其妙，我说的是我偶遇婶婶的事，为何你要问我什么 KTV？

"你知道吗，他们肩并肩走在夜里，出现在我面前，我的第一个感觉是，这不符合公序良俗。"当我说出"公序良俗"四个字的时候，我已经在为我的所见所闻和我的内心感受开始化妆了。阿珍是一个符合公序良俗的女性，我尽量顺着她的道德观去说事，这样可能安全一点。

"如果他俩不出现在我面前可能还好一点。你知道，毕竟我叔叔是我的叔叔，我婶婶是我的婶婶，他们俩应该肩并肩站在一起，而不是他们分头跟别人，能理解吧？当我的婶婶和别的男人站在一起，我是不舒服的。这是一种出于家族荣誉感的自觉，很荒唐，但真实，很真实。"

其实我想的完全是另外的事。我用这样的叙述隐瞒着我其他的情绪。我的听众不会观察到的，她会沉迷在我所讲述的故事之中。

"我想，当我的叔叔正在医院躺着时，而我的婶婶和别的男人站在一起，肩并肩的，道德感突然就……追上了你。"

"你把我想成道德卫士干啥？"阿珍驳斥我，轻推了我一把。

"不是，我不是那个意思。我是说我的叔叔就快没有脚了，我叔叔马上就要变成瘸子了。此时此刻，这个时间点，我的婶婶还在跟外面的野男人站在一起，他们走着路，吃着夜宵，唱了歌，再吃夜宵。没准他们还一起喝酒了。那男的肯定喝多了吧，不然他为啥要推我婶婶一把？没准他们还要去别的地方快乐。也许他们在一起从早到晚，一直很快乐。也许我婶婶，和那个男人，他们在一起，会比婶婶在我叔叔这边得到超过100倍的快乐。谁知道呢？"

"你管得真宽。你不是说你叔叔和你婶婶没什么感情吗？"

我不记得我什么时候说过这个事了。我诧异地看了看阿珍。

当时我就想到了——如果我叔叔是个同性恋，那我就不必替我叔叔那么难过。

这算不算是我的一种自我治疗，自我保护？

我叔叔如果是个同性恋，他也就少了正常人大概率会生气的条件，然后我自己也就没有那么难过了。

我对阿珍说："严格来说也不是难过，我有一种想拔刀相助或者义愤填膺的心态。"

比如当时我就很想下车把那个谁揍一顿。但我实际不知道揍谁。我如果真的下了车，一定会陷入一片迷茫。揍我婶婶显然不合适，我们是一家人，是亲人，至少法律上是这样。揍那个男的呢，会让一切尴尬起来，至少我婶婶会谴责我为她带来麻烦。我又不是我的叔叔。为我叔叔出这个头，说是说得过去，但总得得到我叔叔的授意。而我叔叔还躺在医院里。他打不了任何人，而且对这些情况一无所知，也许吧。

我知道打人不对，我只是想表达一下我当时的情绪。我不会打人的。我喜欢公序良俗，是好市民。

"然后呢？"阿珍继续玩着手机问道。看起来她也没有真的关心我的见闻，纯粹只是配合我，让我把故事讲完。

"然后？然后我什么都没做。没有接那单。我直接把单子取消了，狠心按下了代表拒绝收入的按钮。然后开车溜了。逃跑了。我就是抗拒接受，抗拒面对。我连这个钱都不想挣了。当然我觉得假如我的婶婶上了我的车我也不好意思收这个钱，但这个不是最重要的。我不想陷入更大的尴尬。"

"你尴尬什么？"

"嗯？"阿珍问到了一个我没有意识到原因的情绪。

"第一，我要解释我为什么要出来开专车。"我说出来了。

阿珍这次抬头看我了。

"第二，婶婶要解释为什么身边不是我叔叔。这一定是双方的灾难，你说呢？"

你说呢，阿珍？你说得上来吗？

阿珍沉默着看了看我。在她面前，我常常觉得无论自己多么在理，都像是个小孩。

"如果你觉得你出去开专车，解释这个会让你尴尬，我觉得你还是不要出去开车了。"阿珍温柔地说。

我被这个温柔的说法感动了。但是没有钱我们该怎么办？我们明天拿什么去买菜？下个月又要交房租了，我们又该怎么办，阿珍？

阿珍站起来，说要去帮我泡杯茶。

这种时候，我想，是阿珍不想让我继续表演，用表演来掩盖我的尴尬和脆弱。

我看着泡茶中的阿珍，说："假如我的叔叔是个同性恋就好了，你说是不是，阿珍？"

"我看你是个傻子。"阿珍背着身子说。

"我不是傻子，我是说真的。如果真是那样我多少能舒服一点。那样的话，我的叔叔不是那么爱我的婶婶，出于他性取向没有那么爱，虽然是亲人但本能上没有那么爱，从而变得有一点大度，对身边人的大度是我们这个社会最缺乏的，不知道你是不是同意，阿珍。"

我以为我能逗乐阿珍，但阿珍没有被逗乐。见阿珍没回答，我继续说："反正他就不会因为我的婶婶半夜跟别的男人肩并肩站在一起而伤心难过，产生怨气，大发雷霆。这是我推演出来的，你看是不是通顺？如果我的叔叔是个同性恋，这是皆大欢喜的一个过程。"

阿珍什么都好，在我说胡话的时候也多数会配合我。多数时候。

我看着阿珍端着茶走过来，她眼睛湿润了。

妈的，我必须抱抱你。阿珍。我知道我在胡扯。我知道我只是不想承认，我去开专车这件事让我尴尬。

我哭了。哭得很尴尬。我哭的是自己的脆弱。哭的是自己的敏感。哭的还有我对爱的渴望和绝望。

眼前的阿珍在我的怀里。

而我的婶婶，在别人的怀里。

9

我是什么时候爱上阿珍的呢？不知道。但我慢慢接受了这个事实。

而且我慢慢也开始接受这样的生活了——虚假的，像是藏着什么秘密的，艰苦的生活。

生活最厉害的是，不管之前如何，也不管以后怎样，她都会在当下就说服你，没办法了，现状就是如此，你先适应起来吧。

白天我出去开车，越来越觉得这就是我的职责，我生活的一部分。我能应付得了。虽然赚得不多，但确实每一分钱我都能马上看见，用来提现，提出来打给阿珍去买菜。

就是麻烦点。每次都要用支付宝提现到银行卡，然后把银行卡里的钱用微信转账给阿珍。

有时候收车回来的晚上，我会跟阿珍说几个乘客的故事，不再遮遮掩掩，我会说哪个乘客喷了香水，哪个乘客跟我聊了什么。阿珍也似乎不再过问哪个乘客坐上了副驾驶。

我和阿珍都在适应这生活。

这天凌晨说完今天的司机奇遇之后，我和阿珍在客厅各玩各的。她玩她的手机，我玩我的专车 App。

是的，经过我十余天的努力，我已经从快车司机跳跃为专车司机了。

专车能让我赚更多。赚得更多能让我摆脱某种糟糕的情绪。

在欣赏每日流水之余，我也继续研究怎么做一个称职的滴滴司机。我逼迫自己不停地看官方宣传的那些了不起的司机的故事。那些司机就像劳模，一天能开十六个小时。我要向他们学习。

"可是，"我对阿珍抱怨，"我一天能睡十六个小时。"

阿珍在学菜谱的软件上继续打卡，我猜。她说："没错，我们都是因为懒，才到了这个地步。"

脑海中忽然之间仿佛钟声敲响了。阿珍说出的话像是敲响的钟。

其实不是钟声，只是微信的一声提醒。

阿珍看了看手机，稍稍迟疑了一会儿，然后抬头对我说："那个大鹏在对面酒吧喝酒，让我们去。"

她的眼神告诉我她是想去的。

"大鹏是谁?"我关闭了劳模故事，问。

"就是上次周正生日那个男孩。和女朋友正在分手的那个男孩。我的老乡。"

想起来了，一个不怎么说话的木讷男孩，像更年轻时候的我。

"周正是谁?"我又问。

"你是不是个傻子?"阿珍又来骂我。

我哑口无言。

木讷,这件事恐怕只有我知道,因为在其他人看来,哪怕年轻时候,我也不是那个木讷不爱说话的人。

我说:"你去吧,我就不去了。"我终于抬起头并阅读到了阿珍的意图。

"为什么?"阿珍问我,"不一起?放心?"阿珍还在鼓励我,用在我看来挺奇怪的方法。

"啊呀,我有什么可不放心的。"我说,"十年前我肯定去,就是在你这个年纪,当时我也喜欢社交,喜欢认识新朋友。"

"现在?"

"现在我这个年纪,这个点让我出门喝酒,我又不爱喝酒,我说的是最近这段时间,你知道的,对我来说有点累。"我诚恳地对阿珍说,又补充道,"除非两种情况。一种是有共同爱好,强烈的共同爱好,比如说打牌,经常在一起打牌的朋友。另外一种就是纯粹事业上的需要。这个酒局能帮助我开拓某个局面。那我会去。如果对方是滴滴公司的,那我就去。"我还开了一个无聊的玩笑。

我想了想,可能还有一种。因为我想到了邱老师。"邱老师那种也行,虽然没有业务合作,也没什么共同爱好,但时间久,有时间作证的感情在那里。"我继续补充道,"你知道的,他都不催我还钱。"

阿珍点了点头，不知道是真懂了还是应付我，或者只是不给自己此时出门喝酒徒增情感和道德上的门槛。

"你去吧。"我又动员阿珍。

随后阿珍去换了一身衣服，前去赴约。

打扮完的阿珍还是有点好看的，我想。她这个年纪，这个模样，适合在这个时间去酒吧度过她人生中的某一个夜晚。她这个年纪，又成熟又年轻。

除了她的吻不太甜，一切都在慢慢变好。

阿珍走后我却有点惦挂。或许是失落。同时我暗自佩服自己演说家一般的口才和说辞。我把不想出门说成不爱喝酒，又把不爱喝酒演变成不爱社交，同时把社交的功利性着重强调。

没意思，三十岁以后的夜生活越来越拘束乏味，没意思。我就只是这么觉得而已。何况，我跟阿珍一起去，更没有发挥的空间和欲望。我也不想买单，囊中羞涩可能是另外一个重要原因。

也不是没去过酒吧和夜店不是？年轻时我玩得比谁都疯。毕竟我有个好老师，邱老师。

那时邱老师经常带我去玩，我是被动型的。他开发一个地方，就带我去一个地方，身兼优秀的向导。

去那种地方就是泡妞、猎奇，是另外一种进入社会的方式，或者说进入另外一种社会，了解不同的世界。但动因还是那个。青春期，仿佛有人告诉我们，男孩子不能不泡妞。男孩子不泡妞就会天诛地灭。所以为了天不诛地不灭，我们就去吧。

关于泡妞，邱老师教我很多方法，现在都算犯罪。

我不想坐牢。是的,我不想坐牢。如果不是为了我爱的人，我不想坐牢。

所以邱老师那些方法我都没用，我认为我自有套路，自有维护世界和平的方法。

第三章

1

负责维护世界和平的，是刘警官和他的同事们。

刘警官又看了几遍我给他看的视频，从我行车记录仪上截取下来的那段十五秒视频。他反复看，仿佛那不是一段视频，而是一部电影。我也知道他的目的，目的是确定那是我婶婶。

他好像对我婶婶有一种奇特的感情，这个我有那么一点感觉。

后来事实证明我的感觉是对的。

我说："当然能确定那是我婶婶。我还能认不出我婶婶吗？虽然我的行车记录仪不如你们的高清摄像头，但也不是便宜货好吗？"我甚至想说，我的车也不便宜。

"你好像是有一点作家的敏感。"刘警官谬赞。"我没有那个意思，没有否定。"刘警官解释自己的游移不定。"但你还是看不了我们的监控录像。这个没办法。"刘警官无奈，"随随便便给你们家属看，那不乱套了？"

我沉默，我希望他能在说完"没办法"之后，说"倒也不是完全没办法"。我用眼神在期待他说下去。

刘警官还没有把我的手机还给我。他看了有十几遍了，他就是没有我这般确定。我的沉默让他必须把话题继续下去。

"要不，你可以去梦辉试试看。你自己想办法去要到那里的监控录像。"说完，刘警官努了努嘴，好像有点后悔，想收回又无可奈何的样子，又好像知道我不行，有那么一点故意刁难的挑衅意味。

果然"倒也不是完全没办法"。我未必有十足的把握，但这我咋没想到呢。

"看监控录像其实很无聊，会把你看吐，而且结果可能什么都没有。如果你有时间的话，有本事的话，就去试试吧。能不能帮你的叔叔，就看你的眼神了。"

在我的眼神发亮之后，刘警官开始相信我，或许可以。

"刘警官，谢了。"只要有希望，就有机会。

"对了，小火，你为什么不继续写书了？"

额……我无法解释这个问题，至少无法解释给这个刚认识不久的警官听。但我拥有把问题反向抛给对方的能力。

"刘警官，如果你当了三年警察，一个案子都破不了，你还会当警察吗？"

刘警官先是一愣，然后仿佛明白了我的答案。这未必是真实的答案，但他此时此刻可能觉得是。从他的表情上看，好像是马上要鼓励我。

"你的意思是，你写的书不灵？是不是过于谦虚？"

"没有那个意思，可能就是在等一个机会，再开始写。"

我勉强说。

"你听没听说过一个文化人,他酒驾入狱,在看守所里可是翻译了一本书?"

"知道啊,当然知道。"我抿起嘴苦笑起来,"不是一整本,只有一章。刘警官,你这是鼓励我去犯罪的意思?还是鼓励我坐牢?"

刘警官也笑了,摆摆手,说:"只是一个玩笑。"

这个警察为什么要跟我开玩笑?

是把我当朋友的意思吗?

或许有朝一日,我可以去里面写书。但是我去写什么呢?

不,我不想写书。一个字都不想写。一旦我要写书,我就会把最让我难受的那部分写出来。

我不能写。

但是刘警官的话给了我很大的启发。

2

　　一场大火肯定让梦辉现在上下都很紧张，更别说死了一个人。死了的那个人是没办法再说话了，但活着的人的嘴巴可是没办法管得住的。息事宁人已经不可能，更不会有负责人愿意抛头露面。

　　商务酒吧这种生意，从来不是阳光下的生意，背后的老板更是神龙见首不见尾。

　　早知道今天，我要去看梦辉的监控，有这样一个神奇的任务，我就该让我婶婶当时给我介绍一下，认识一下老板，如果有一面之缘，这件事就不是行不通的。

　　当然，这个条件不成立。我想杀了我的婶婶，乌龙的是，我把我叔叔牵扯了进来。

　　如我所愿，死的人是我的婶婶。

　　但我现在也有我的疑惑，以及我的企图。

　　我得找一个突破口。我明明把两罐汽油留在了楼梯间里，这大火到底是谁放的，我他妈必须得知道。

　　"你是谁？你在哪里？为什么要这样做？为什么要模仿我？

为什么要替代我?"我在日记里写下。

我未必有那么多问题要得到答案。但写日记是必须的。

我知道日记的作用。也许有用,以防万一。

溜达到梦辉楼下的时候还是很唏嘘。抽根烟,让我感受一下,这大火光顾过后别样的冷寂。

刚到十二月,风不大,但空气已经很清冷。

我像是参观一个文化景点,观望注目,多希望此时能出现一个导游,为我指点迷津。

"这就是 S 市著名的高端商务场所——梦辉国际酒吧。这里的女孩儿是这一行的小姐姐里的佼佼者,她们的身高体型,都是最优秀的。长相更是。来这里上班的小姐姐,都要经过层层选拔。她们在这里,陪客人喝酒、划拳、做游戏、卖酒,如果足够优秀,足够厉害,业务能力出众,一个晚上大约能收入好几千,甚至上万。真是令人羡慕。"

"这些小姐姐们出台吗?"

导游神秘地反问:"小朋友,你问的是哪一种出台?"

提问的小朋友问:"就是客人提出要小姐姐出去陪他们玩。"

导游说:"如果小姐姐们心情好当然也是可以的。但是这很危险。"

"危险在哪里?"

"这是违法的。"导游说。

"可是我想让她们陪我玩。"

导游就拍了拍小朋友的脑袋:"无论如何,等你长大多赚点钱吧。"

我突然也被人拍了一下肩膀。

"喂，干吗呢？这里歇业了。"

我回头看了看，是个大叔，穿着保安服。大叔你跟我开玩笑呢？这还是下午，你跟我说酒吧营业的事？

"烟头别扔这儿。"大叔说完点起自己的烟，"烟头扔这里，有火灾隐患。晓得不晓得？"

原来是提醒我别乱扔烟头。

大叔真行。"这不是刚烧过吗？"我说，"都烧死人了。"

"刚烧过也不能再烧一次啊。"大叔嗓门大了起来，仿佛是训斥我，"都烧死人了，还不小心点？"

"烧死的那个是我婶婶。"我平静地说，但平静之中的力量显而易见。

"啥？你婶婶？"大叔把烟吐了一半，差点呛到自己。"你是阿芳的侄子？"

阿芳，我的婶婶。我婶婶的大名叫贾芳，熟人就叫她阿芳，晚辈、客人也叫她芳姐。在梦辉酒吧卡座包房里的时候，所有人见面就喊芳姐，举着酒杯，说，芳姐我先干了你随意。然后我的婶婶赔笑，也拿起酒杯，干了。她的豪爽大方，应该也是这一行的基本素质。我能想象，那是怎样的游刃有余的芳姐。

"是啊。师傅怎么称呼？"我叹了口气。

"免贵，姓刘。"

我也没说贵姓。大叔挺社会。只有经历过一些市面，又无聊，才会说出免贵这两个字。

我心想，你咋也姓刘。

"刘师傅，来，抽我一根。"

刘师傅尽管已经在抽，但还是笑着礼貌性地接过我的烟，突然又故作难过。

"芳姐挺可惜的，这么能干，她是我们这里最能干的，每天都能定好几间房间。蛮厉害。"

"这么了解我婶婶，你不是保安？"

被我这么一问，刘师傅先一惊，然后看了看自己的保安服，仿佛自己也不相信这一切。我想一个保安怎么还能知道谁定了多少房间。

"这不是出事了吗？"刘师傅终于明白过来为啥我会这么问。"老板让我这几天来看着。我是这里的经理。"刘师傅好像突然之间站直了。

"噢，刘经理。刘总。"

"什么刘总。跑腿打杂的。"

一座大楼里，总会有这样的角色——保安的领导，老板的跟班。保安面前，是大爷。真正领导来了，像条狗。

我顿时感觉到自己运气来了。人不能没有运气。做事不能没有运气。

刘经理在梦辉出事后，被老板安排在这里看场子。之前他也是在这里"看场子"。两种不同的"看"。几乎所有的员工都放假了，包括小姐姐、妈咪、少爷、小妹、公主，"一家人"都放假了——不管怎么称呼，其实都是"业务"——一种专属酒吧和 KTV 行业的职业。因为现在没有了业务，所以"业务"们也无须上班了。只有刘经理还需要坚持在前线。

听上去，刘经理跟我婶婶有不错的交情。我从他的追忆故人的表情中看到了几分真诚，令人感动，好像他才是我婶婶的家人，而我只是我婶婶的同事。

刘经理之前是出来透透气，看我乱扔烟头，以公德之心提醒我。现在，既然我们彼此相认，刘经理就把我叫到他办公室来坐坐，喝杯茶。

"进屋去，外面冷。"他说，"反正我屋里也能抽烟。就是现在，咱们得小心点。"刘经理像是掌握了真理一般提醒我。

刘经理的办公室就在梦辉的二楼，楼梯上去很方便。我当然也走过这个楼梯，曲径通幽，小径分叉，倒是没发现过这边上还有这么大一个房间。

我故意看了看楼梯转角那个角落，发现那个角落已经空无一物。

是那个人偷了我的东西。

哪个人？我笑了笑。没有必要自问自答。

"换句话也可以说，那个角落扭转了我的人生。不然，我就是凶手，彻头彻尾的凶手。而现在，就很难说了。我要找到你。"

依然来自我的日记。

起初，我希望我的日记可以为我证明些什么。

　　门没锁，刘经理推门而入。我随他进门一看，一屋子的陈旧办公家具，好多都是淘汰下来的——房间里的沙发，因为被烟烫出了个洞洞，可能就会被搬到这里来。我想这很经济。再往里瞧，居然还有我朋友的自加热鸡汤。挺明显的，而我又对这玩意充满感情。

　　还剩下半箱子。

　　我指着那半箱子自加热鸡汤对刘师傅说："那是自加热的吧？"

　　刘经理顺着我指的方向，误会了我的意思。

　　"哟，懂经啊。你想喝不？自加热，高科技，很方便的。把那袋水撕开，一会儿就扑通扑通冒烟，热了。喝了酒之后来一罐这个鸡汤，特别棒。"

　　什么高科技，这就是石灰遇水就会发热。仅此而已。是刘经理不懂经。

　　"不不，"我笑着说，"我本来让我婶婶帮我代理这个鸡汤，我婶婶说不好卖。"

　　不，不是不好卖，是我婶婶没帮我。我知道，但我不用告诉刘师傅，刘经理。没有这个必要。

　　"原来婶婶都送人了啊。"我说。

　　"哟，主人来了。"刘经理笑着说，"阿芳给我了整整一箱，开头我喝了好几天，后来，这东西说是为了方便，其实还是麻烦。"刘经理看了看我，尴尬笑笑："后来就懒得弄了。弄半天，喝三口，没了。不好卖才是正常的。现在的人，不好

122

好做汤，就想着怎么给人下套。虚头巴脑的。"

刘经理说了实话，我想这款产品最大的毛病就在这里。但所有的产品都有其毛病。慢慢改善就好。

就这鸡汤，很快让我和刘师傅的距离更近了一些。随着我们交谈的深入，我觉得我有必要说出我的真正目的了。但我还需要一些技巧。

"刘经理，你知道是谁放的火吗？"

"乌龟王八蛋啊，这孙子，别让我找到他。杀人放火，太坏。老派找到他肯定就是一个枪毙。"刘经理很生气，让我同仇敌忾。

"不一定会枪毙。"我说。

"为什么不一定？杀了人还不枪毙？"

这个刘师傅看起来并不懂得法律。

"派出所我去过两三次了。"我在犹豫要不要跟刘经理再多嘴几句，但或许这时候为了达到目的我需要冒一点险。"我就是去配合调查。他们问我家里的情况。"

"现在找出是哪个乌龟王八蛋了吗？"

"他们在监控里找到我叔叔那天来过。"我谨慎地说。

"你叔叔？"

"对。"

"阿芳老公？"

"对。"

"没见过。不认识。"刘经理想了想，坚定地说。

我猜想他应该知道我的婶婶有她的相好。这种级别的人，掌握的信息不会太多，也不会太少。我婶婶的相好这种事，可能刚好是他能知道的。

但我怎么开口问呢？还不行。

"监控里有我叔叔来过。警察跟我说监控里有。我叔叔现在就是嫌疑人。你口中的乌龟王八蛋。"我说。

刘经理陷入沉思。他在想这其中的逻辑关系。他可能没那么聪明，想了半天问我："你是说你叔叔那天来放火烧了梦辉，烧死了阿芳？"刘经理自问自答，"没道理啊。"

"我也觉得不是我叔叔。但警察在监控里确实找到了我叔叔。这是证据了。"

"这阿芳要真是被自己老公杀了，那就是作孽了。"刘经理说。但这个假设仿佛又能被他接受。

"不是，我觉得不是我叔叔杀的，我叔叔不会的。"我说，"刘经理，我想求你帮个忙。"此时机会来了。

"啊？啥忙？"

我的眼睛看着他，我希望展现的是一个正在等待被救助的人的眼神。

"我想去看看监控里，我叔叔。我想去看一下。我认为我叔叔可能来过，但不可能杀人。"

刘经理看了看我，很严肃。我觉得他有一定的职业敏感。不过这时候不能犹豫。刘经理，你不能犹豫。

我说："我觉得我叔叔是无辜的。你知道吗，他的腿都是瘸的，一条腿没了，后来装了一条假腿。"

刘经理沉默。

"我叔叔他平时杀鸡都不敢，胆子特别小特别小。"

刘经理想抽烟，我看出来了。我又递上一根烟，给他点着。

"看是可以看。"他说。

"我真的可以去看监控？"我不能等他把话说完。

"我想个办法。"刘经理考虑了一下，仿佛找到了一些信心。

我清楚他这么做是破坏了某种规则，或者他真的被我的一腔赤诚所打动，或者也是为了帮一下他口中的送了他一箱子自加热鸡汤的阿芳。按我的理解，这也不是可以随随便便破坏规则的地方。

刘经理搞得像是我另一个叔叔，或者伯伯，此时此刻，为了亲情徇私舞弊。我只是希望他给我行个方便。我们只有一杯茶几根烟的交情，但因为有我姊姊的关系，我们共饮一罐鸡汤，我们就仿佛一对老友。现在这个老朋友要帮我这个忙了。

我庆幸自己特别顺利地找到了门路。刘经理这时候已经脱去保安服，顿时一身打扮还挺气派，衬衫和毛衣，体面的衣着。他躺在沙发上，正在为自己鲁莽的承诺思考后路，我想。我甚至怀疑他在反思为什么自己要为我"铤而走险"。

而我为我叔叔洗脱罪名的动机就纯粹多了。

第一，死的是我姊姊，嫌疑人是我叔叔。

第二，是我点了我叔叔，哪怕是无意的。

既然得到了刘经理的援手,我想我得到了某种照顾。反正,不是我在破坏规则。

　　"巧也是巧了，监控室是我弟弟在管。你看录像的时候不要多问，我找他配合你。"刘经理说。　.

　　"行。但你也小心一点，老刘。"我也提醒。现在，我不能叫他刘经理了。

　　刘经理被我提醒得有点发蒙。

　　"我是不是哪里见过你?"

　　我想，可能吧。

　　"你真的是阿芳的侄子吗?"

　　"千真万确。"

　　我可不光是阿芳的侄子。

3

梦辉国际的监控室在三楼楼梯拐角处,这就意味着我们还要往上走一层。以前走这楼梯的时候,不觉得每一层都如此重要。

这个楼梯,是我熟悉的地方。来过不代表熟悉,熟悉是因为我曾经在这里思考人生。

我也曾经在这里收到一条消息:"还要多久,我待会儿还有事。"

没想到,是这样的事。是她人生的结束。

站在楼梯口我恍了会儿神,仿佛看到了那天的自己。我摇摇头,现在我还有任务在身。

刚上三楼就有一股不好闻的味道,我分不清是大火后遗症还是什么别的原因。但是二楼就没有。

可能有一个老烟鬼——我的意思是那种比我和老刘更依赖尼古丁的老烟鬼,在这里常年负责看各类监控视频。

他应该已经成为这个房间的主人。

这个老烟鬼叼着烟,从早看到晚,如果这些监控墙像一片麦田，那么这个老烟鬼就是一个守望者。

老刘把我带到门口，跟里面的人招呼了一声。

门口有一本本子，我做了简单的登记。这种规章制度为难不了我。我是有尚方宝剑的人。

填写完资料，笑了笑。这一切如此顺利。然后抬头一看，我遇见的是一个年轻人，竟然只是二十出头的模样，比我想象中年轻了四十岁。

"您好，刘经理让我配合你找资料。"

我抿了抿鼻子，说："这房间是什么味道？"

年轻保安也抿了抿鼻子，说："没有啊。"在我这个并没有杀伤力的问题之下，他看上去有点紧张。

我倒是不紧张。

或许这个年轻人昨晚通宵打游戏了，没什么精神，嗅觉肯定更不行。不过他还是有那种职业素养，很快就打开了电脑文件夹，而那一堵墙上的显示屏都还在记录着此时此刻楼道里的镜头。全像是被暂停了一般，所有的镜头没有一丝一毫的变动。

我观察到，这个年轻人尽管操作很熟练，但某些动作也有轻微的颤抖。

但没有意义，我不是警察。

"我们是从 11 月 26 日，凌晨零点开始看吗？"

我想了想："差不多。"

看着小伙子在文件夹里一个一个挑选，选中，我预感这会是很大的工程。即便我对这件事没有特别的把握，但我认为这可能是必要的。

如果我不做这件事，我会感觉自己不够安全。不，不能说是安全，应该说是安心。

年轻人一一给我介绍每一个监控录像和它们所对应的位置。

"多少人来看过这些视频了？"我一边打开我的记录本，准备工作，一边问。

"就派出所的人来拷走了。您这样的专家，第一次，第一个。您是我们公司请的吧？这个事还挺奥妙的。"

"专家？哦。"老刘真行。私家侦探不成？既然这样，我只能配合一下老刘。但是他为啥说这个事"挺奥妙的"？

小伙子让我坐到电脑前之后他就站在我身后。我说你休息吧。他就在不大的房间里终于找到了合适的位置休息。

一切准备就绪。真是无聊又费力的工作，不到半个小时，我眼睛就开始酸了。但我作为"专家"可能应该保持一定的专业度，我忍住没说，连揉眼睛都尽可能保持自然，伪装成一个不经意的习惯。

我看到了夜里的梦辉，我看到了小姐姐们在那一天的一举一动。我看到一个个醉鬼是怎么神采飞扬走进来然后被小姐姐们搀扶着走出去。还有很多神色匆匆的，不知道为什么这么晚还走路这么快，像是赶去上班的人。

但我一直没有发现任何"可疑"之处。

一小时后，我只能借口去上厕所。像刘警官说的那样，我快看吐了。小姐姐们来来回回小跑步，赶去她们挣钱的房间；醉鬼们纷纷徘徊，甚至找不到属于自己的房间。我对生活的那些敏感，很快在这更寡淡的生活画面之前败下阵来。一切跟我想象的没什么不同。不能说那些画面是寡淡的，那些画面，理论上已经是这个社会最精彩又隐秘的前百分之三十了。

　　一个半小时之后，我回头问小伙子："有没有水？"

　　小伙子好像从梦中醒来一般，从沙发上跳起来连声道歉，说忘了给我准备茶水。问我："哥，要喝什么？这里只有绿茶和矿泉水。"

　　我说都行。实际上我只是不想把注意力继续专注在那个情绪里，甚至在几乎得到了我想要的结果——没有"任何可疑之处"之后，想给自己一些安慰。

　　小伙子端来了一杯茶，看样子还挺烫。我礼貌地接过来，闻了一闻。很香。

　　"没想到还有这么好的绿茶。"

　　"哈哈，你喜欢就好。我是不懂茶。"小伙子说，"我只知道这是刘老师最喜欢的茶。"

　　"刘经理，"我说，"是不是挺厉害的？"

　　我的问题可能没有仔细设计，也完全不符合我的身份，搞得小伙子长大了嘴巴，一时不知怎么回答我。

　　"我的意思是，我觉得他挺帅的。"

　　"啊哈，那当然。我觉得他挺有腔调的。"小伙子突然高兴起来，但又似乎觉得这么说不太合适。

也是有闲心，我和小伙子聊了几分钟天。我问他的工作是否无聊，他说还行，就当是在看电影。如果真是电影，这些监控该是多么无聊沉闷的文艺片。我反而想给他推荐一些文艺片看。"不打游戏吗？"我问。

"当然打。半夜值班的时候。"我感觉他想说半夜在这里打游戏很舒服，但这有违职业道德，所以他住嘴了。

我想起那个夜晚那声大叫，才问的这个问题。因为我意识到这个小伙，好像改变了我的人生。

我当时正准备去杀人，坐在那里。

我当时准备去杀我的婶婶，但是这位小伙的一声"爽"，让我大惊，甚至遗忘了我的作案工具。

我带着感恩的心情看着他，恩公啊，我内心跪拜了一下。

虽然并没有改变任何结局。改变的只是我的计划。婶婶还是死了。只是……凶手现在还没找到。

他被我看得不自然。小伙子有点尴尬，他走过来把一副墨镜给自己戴上。"你看，有时候我就戴着墨镜看监控。像不像个盲人？"

他在逗我。我才注意到电脑桌边上原本还有一副墨镜，"是你的吗？"我问他。他点头，又摇头："我哥的。说送我，但老拿走自己戴。"

"不像盲人，"我说，"像是你在看 3D 电影。"

"哈。"小伙子摘下墨镜，也笑了。

"你觉得自己戴上墨镜挺帅的是吧?"

"那当然,"小伙子自信满满,"戴上墨镜当然好看。你看,据说这还是名牌。"

"据说?"我问。

"是的,因为有同事要过来看,说是什么范思哲的。但是我哥说这是贴牌产品。哈哈哈。他自己还老喜欢戴。"

"听上去你跟你哥感情不错。"

"那是啊,是他带我来 S 市的。他给我租了房子。买的四件套就跟我们在村里买的一样,说匹配我的审美。我还以为他能给我买宜家的好看的四件套呢。"

"可能低估了你来 S 市之后审美的变化吧?"

"现在年轻人,审美哪有那么大差别。他就是不上心。他这个人下班后就天天喝酒,戴着我的墨镜,还戴个帽子,非常装逼……哦,不,是装酷。他一喝酒就喜欢给我讲人生道理。还不让我找女朋友。先好好工作。没事就玩玩游戏。还说女孩子没那么好找。"

"好的女孩子,他的意思是。"我为他哥补充解释,"那你找女朋友了吗?"

小伙子害羞地笑了。

"那就是有了?"

"也不知道算不算呢。"他说。

"什么叫算不算?"

"刚认识。"

"喜欢?"

"嗯。"他点了点头。

真羡慕他。

我看了一眼小伙子的眼睛,哪怕微笑着,眼睛变小了,我也能看到里面那种特别清澈的眼神,以及此时此刻的幸福感。那小眼睛里有特别的风景。这可能与我的感恩心情有关,但我还是很羡慕他。

"你眼睛挺好看,"我说,"不戴墨镜也很好看。你的眼睛像刘德华。"

小伙子迟疑了一下,仿佛不确定我这个比喻是否是一种赞美。刚摘下墨镜的他这会儿又给自己戴上了墨镜,打开了手机,照了照镜子,然后他还是看着我。"刘德华?"他不太相信我的夸赞。

"是,刘德华。有一个电影里,刘德华就是戴着墨镜,作为一个刺客。非常帅气。"

"哪个电影?"

"《刺客伍六七》。"我说。

"别逗了,老师,《刺客伍六七》是个动画片。"小伙子哈哈大笑,"你是不是以为我不看动画片?"

我是存心寻他开心,故意这么说的。如果早半个月,我想我会找他帮忙,因为他这样子,确实很酷,像一个杀手,或者一个刺客。而且,我觉得他可能不会很贵。

"等等,老师,我好像在哪里见过你。"

"什么？你看见过我？"我一下被他吓着了。怎么什么人都说见过我。我像是上过电视的人吗？我看着他戴着墨镜看着我，感觉到一种人在暗处我在明处的慌张，仿佛在我面前的不是一个年轻保安，而是派出所的刘警官。

我也想起来，刘警官一样喜欢戴着墨镜看人。

"老师，你怎么了？是不是被我的帅惊到了？"

"哈哈，没有没有。我是直男。"我为自己辩解道。

小伙子也哈哈一笑。一个明显的玩笑。小伙子跟我待了一个小时就不跟我见外了。随后他就走到房间更远处，仿佛是为了给我一个更好的工作环境。

我回头望向那晚我坐的楼梯的方向。我想起来了，那个作案工具，被一个真正的纵火犯借用了。

是这个人一直在跟踪我吗？然后做了我想做的事？

"那这个人，真的会是我的叔叔吗？"——我也曾有过这样的怀疑。

这样一想，我又投入到"工作之中"。

如果能从监控中找到那一天就好了。就像在电影里看到主角的一生，如果这些监控真的有导演，这个导演会什么时候让我看到这个纵火犯的出现呢？

喝了一口茶，我继续看。要把自己的慌张隐藏起来，我就只能干枯燥的工作。

看完了梦辉楼下的监控录像之后，我终于有机会看到梦辉电梯的监控了。

"这里拍到的基本上都是我们自己的工作人员。刘经理找大家一一核对过，没有特别可疑的人。"小伙子在边上给我介绍，"这一段录像我从下午四点开始做记号的。因为这涉及进入公司的人。"

"嗯，好的。"我说。其实我不关心这一段。

到七八点的时候，录像开始热闹。我看到那些小姐姐们打扮成受欢迎的模样，在电梯里，很多小姐姐都还在检查自己的化妆质量，称得上敬业。

八点之后，小姐姐们开始着装整齐地进入，走出。像一排花，一排生动的花。围在一起很像花簇。

我也看到了我的婶婶。她工作中果然那样，是那么投入。她不停接电话，指挥小姐姐。这就是我婶婶的世界了。她在她的世界里，现在，我通过监控，也来到了她的世界。称不上是陌生还是熟悉。

隔着屏幕，现在我们阴阳两间。

屏幕里的婶婶还是活生生的，神采奕奕的，活力四射的。

可惜另外一部分监控录像丢失了，我想，在房间门外的各种楼道里，大厅里，我婶婶可能有更专业更职业的表现，更别说是在房间里招呼客人了。

突然我有一个疑问，转向小伙。

"为什么电梯里的监控都是齐全的，而楼道里和大厅里的监控却都丢失了呢？"

小伙反问："你不是专家吗？你怎么连这个都不清楚。"

我想了一下，专家为什么要清楚这。

"因为要保护客人啊。很多娱乐场所的监控都是内部管理的。"小伙说，"对外说是损毁了，其实都在。我们不能公开而已。我们梦辉尤其不能公开。呐，都在这里。但我们都看过了，直到大火开始从房间烧起来，都有录像，都没有任何可疑的情况。放火的肯定是从楼梯离开的。有火灾，没有人会坐电梯。放火的更不会了。说真的，我们梦辉这种地方，楼梯都没有摄像头。而且每一个房间，都有后门直通楼梯。出事了也保险。放火的，既然要放这里的火，怎么会不知道这个。肯定来也走楼梯回去也走楼梯，所以……"

小伙子回答得太严谨了。这让我起了疑心。

"楼梯里一般不安装摄像头，这个你知道是为什么吗？"保安问起我。

这个问题真是班门弄斧，但我不知道是谁在弄斧。多年前我跟jaja就为这个事辩论过，自认为对这件事有了成熟的思考和结论。

"所以纵火犯走楼梯跑了，对吧？所以我白看了对吗？"我想问。

释然了。一部分我释然了。可我当然不会白看。

我要看的是，着火的具体时间。我知道。

"所以要发现也是我发现，毕竟我是这个楼梯的主人嘛。"小伙子又在跟我开玩笑。

这让我真的仔细回想了那一晚，这小伙子，是真的看见了我吗？

我在资料室待了十几个小时，当中小伙还给我点了两次外卖，看来是刘经理交代的。小伙胃口比我好，但我们吃外卖的时候聊得不多。我怕我再聊，冒牌专家的身份会被识破。但这不是最让我害怕的。

总之直到深夜，我都继续维持着我"专家"的身份。小伙陪了我一整天。

凌晨两点，我终于完成了所有的"工作"。

我得到了我想要的答案，那就是楼梯确实没有监控，监控里确实没有我……

但我也没有发现我更想要的，比如，我没有发现，那个可疑的男子，出现在彼时彼刻。

我只是有一个微小的发现——并不微小，只是我也不想大张旗鼓——并且让小伙帮我截了屏打印好。

我心里稍稍有些复杂。不，也不是稍稍。意料之中，但还是让我颇感为难。我不知道这个工作成果，怎么去跟刘警官交流沟通。一时半会儿，还没想好。

"你跟刘经理说一下，谢谢他。现在我回去休息一下。"我收起了我的笔记。

小伙打了个哈欠，看样子他困得不行。最后他把我截屏打印的资料拿了过来。

"老师，资料你收好。"

我接过了打印好的一叠"相片"。为了确保这确实是我要的那一部分，我把相片翻出来再核对了一下。

看了看，怎么感觉跟我在视频里看到的有点不一样？我又看了看，确认。

是她。我的心情依然处于尴尬中。

她的手里拿着的罐头，是不是我的呢？

可能吗？莫非……

我有了一个新的关于这件事的版本。

出门的时候，刘经理正要过来和我打招呼。

"哥。"小伙子叫道。

"你的表哥？"我转身问。

"是啊。"小伙仿佛害羞道。

我想象了一下刘经理带绅士帽的样子。

是他。

"我想起来了，我见过你。"刘经理说，"那天你拿了两罐鸡汤，还骗我说是精酿啤酒，就是不给我喝。"

"那不是鸡汤，也不是精酿啤酒。那是两罐汽油。"我说。

"汽油？"刘经理被吓了一跳，"那意思是……你放的火？"刘经理的嘴巴跟眼睛都变大了。

"不是我放的。是我放的我来这里做什么？"我反问刘经理。

"那你……找到是谁放的火了吗？"

"差不多，算找到了。就是她。"我指了指刘经理的表弟打印的照片，"就是她，拿走了我的汽油罐头。"

"喂喂喂，我还有一个问题，你半夜三更拿着两罐头汽油准备做什么？"

"准备烧了你们的楼。"我说，"我本来是这么打算的。"

刘经理已经完全不把我当自己人了，我甚至觉得他准备收回他的好意。他想撤回他的决定，也想拿回他弟弟为我打印的照片。

但一切都晚了，刘经理。这些照片已经是我的了。它们对我太有用了。

以上对话都没有发生。

或者说，只是我的幻想。

年轻的保安在我走出门的时候对我说，他是侦探爱好者。

"老师，我能不能加入进来，一起调查这个案子？"

"不必了，虽然你很有热情，甚至有那么一点天赋。"我对他说。

我根本不知道他出于什么样的原因，竟然把我和阿珍的镜头都删除了。

但他的确很有天赋。要不是我知道我曾经出现在那里，我根本不会发现他已经对监控录像动了手脚。

哪怕警察也不会发现。

4

刘警官在办公室等了我一阵了，还给我泡了茶，仿佛一切都还在昨天。

在我跟他说我真的看到了监控之后，他被我"征服"了，眯起眼睛直夸我厉害。他那个粗粗的大拇指代表着"你挺厉害"的意思。他问我怎么做到的，而我轻描淡写地说："小意思。"

"那么，在监控里找到那个男人了吗？"我刚坐下，刘警官就直截了当地问。

"没有。"我说。我拿出我的笔记本。笔记本里夹了那些照片。"但有一些别的线索。"我冷静地说。这是我花了一个晚上的时间准备好的方案。我要先把她供出来，以期待为整件事的判断方向提供一个新的可能。

刘警官摘下了墨镜，笑着对我说："没看吐吧？"

"没有。"我回答。我该怎么说？我看吐了，所以我找的是我吐出来的污秽物？

"那你先说，你发现了什么。我也有事要跟你说。"

"我看了所有的监控资料，大火是凌晨 2 点 45 分开始的。

那天是周三，客人不算多。那时候所有房间都没有客人了。我婶婶所在的房间，2点25分，最后一个出来的女孩，是她。"我拿出资料。"她有嫌疑。"我严肃地说，"她进去，然后出来，然后大火开始烧了起来。"

刘警官接过资料。而我在观察他的反应。

他接过那一叠截屏照片。刘警官的反应比我想象中的大。他看了照片很久，我能感受到他情绪有起伏。但是为什么这能让这位警官有这么大的情绪起伏？虽然他没有表现得很明显，但我观察了，我特意观察了。

"是的，我们调查过，她是梦辉的工作人员。"刘警官装作若无其事。这种假装不那么高级。这个刘警官不适合做卧底。

"调查结果呢？"我问。

"你先说完。"刘警官说。

"好，那我继续说。而我叔叔在凌晨2点的时候就已经离开了。"我说。我知道这个时间。很确切的时间。然后我继续跟刘警官"介绍"："那时候，大火没有烧起来。我叔叔离开了梦辉，而这个女孩，"我发现自己也紧张起来，或者说激动起来，近乎颤抖地说，"从2点18分进去，到2点25分出来，然后大火。你们怎么能不怀疑她？"

"我们调查过了。她说她进房间没有发现你的婶婶。她去房间只是拿了包。这一点你可以再看看。"刘警官看起来胸有成竹。看起来。"你可以回头再看，她进去的时候没有包，出来时带了一个包。"

但是刘警官你可没有提，她走进去的时候拎着两罐东西，出门的时候手里就没有那两罐东西了。而我知道，那两罐东西是什么。

刘警官把那一组截屏照片还给我，让我再看看。刘警官突然露出蒙娜丽莎一般的微笑。

你这微笑可太逗了，刘警官。

再看看就再看看。起初，这个人，这个形象，对我而言就像一个答案。现在，让我把她当作谜面来看看。

这一看，可让我产生了一些晕眩。这是刘警官要的晕眩吗？

"是不是有点眼熟？"刘警官问。

我装作迷惑。

"你不会不认识她。"

认识。我必须认识。我必须眼熟。

"你认出她来了吗？"

认出来了，早在那天我看监控录像的时候就认出来了。化成灰我都能认出来。

到了我该表演的时刻了吗？我该怎么表演呢？虽然我和她自学过一些表演技巧，此时此刻，我还是要努力一些。

对，我怎么看着这个人越看越眼熟？截屏一共五张图，有正面，有侧面，有背面。正面那张，我仔细看了看，不会这么巧吧？我露出了类似的表情。莫非她有个孪生妹妹不成？这回轮到我该情绪有起伏了。

不不不，不是她。怎么可能？哪怕我把照片放在距离我只有二十厘米的地方，我依然无法确认。这怎么让我确认？让她跟我说句话行不？或者让照片里的她露出一个肩膀，露出个半个手臂我就能确认了。

"不管怎么样，我叔不是最后一个离开房间的人。"我说。

"告诉我，她是谁？你认识的。"蒙娜丽莎继续着微笑。

"对不起，刘警官。我可能真的认识她。她跟我以前一个朋友很像。她是不是叫贾佳？"

刘警官笑而不答。但他继续他的话题。

"我们的监控资料显示，你叔叔是凌晨2点出现在梦辉楼下离开的。我们认为，那时候你婶婶已经遇害了。我们有理由怀疑是这个工作人员在2点18分纵火的吗？她的动机是什么？"

"我不知道。我要知道就好了。"

"现在我们的疑问是，假如，你叔叔在2点行凶，那么又是谁，因为什么，要去纵火，破坏第一现场？"

我知道刘警官说的是对的。

"你知道那个房间是有后门的吗？"刘警官问我。"理论上，存在一种可能，你叔叔杀了你婶婶之后，又从后门进了房间，放火。"

我笑了一下，尽管挺隐蔽。我知道我叔叔没有这个本事，也没有这个爱好。这也不是事实。

"我知道每一个房间都有后门。不瞒你说，我去跟我婶婶谈事的时候，她也总让我走后门。她不想让那边的经理知道我去跟我婶婶谈那种生意。"我说的是实话，但我现在知道刘经理还喝了我婶婶给他的鸡汤后，我想这也不是真的原因。

"那，你叔叔也可能是知道那个后门的。"

"没错。但是，我叔叔还是不可能杀人。"我坚定地说。

刘警官不知道在失望什么。我的表现——或者说表演——好像没有得到他的肯定和满意。他叹了一口气。

"你怎么能怀疑她呢，小火？"刘警官带着谴责的口吻说道。

为什么要谴责我？我暂时还没想明白。

"我叔叔那边情况怎么样了？"我马上把我的困惑抛开，问刘警官，"我怎么能见到他，我的叔叔？"

"你的叔叔……"刘警官迟疑了一会儿。"尸检报告有一个发现。"刘警官说，"跟你说也没关系，你婶婶，不是被火烧死的，甚至那把刀都没有插很深。那个刀伤完全不致命。"

我充满狐疑地看着刘警官。

"你婶婶，法医鉴定的初步结果是，是被毒死的。"

"我婶婶是被毒死的？"

莫非天道轮回了，难道是我妈天上有灵？

挺好。警察们的工作过关了。

我陷入了沉默，也陷入了回忆之中。

虽然这毫无疑问，是我人生中永远抹不去的那个部分。

第四章

1

我母亲也是被毒死的，很多年以来，我都很不想提到这件事。这是我人生中的一个 bug。如果记忆可以被擦去，我一定首选这一段。

当时大人们都说，我母亲是喝农药自杀的。敌敌畏。当时最流行的毒药。我母亲喝了整整一瓶。

有人看到我母亲像是发了疯一样，冲进了柴火间。过了不久，人们去找她，我母亲已经口吐白沫，不省人事。

我唯一幸运的是，我并没有见到那个场景。

不幸的是，因为没有见到，我一直在想象我母亲死之前是如何的痛苦，如何的不堪忍受。

有人给我母亲去世——服毒自杀编排了一个特别"合理"的理由：在我父亲走后，我母亲因为思念我父亲，整天郁郁寡欢，精神日渐崩溃。最后，她是为了去天上见我父亲，服毒自尽，了却人生。

像是一个凄美的爱情故事。

而我知道这不是真的。我妈是普通人，既不是爱情虔诚的信徒，也有照顾一个孩子——还没成年的我的责任。

但我没法跟任何人说。而我，我也只好默认了人们的编排。

我知道的真相，是贾芳告诉我的。她哭着跟我说，她是真的想跟我在一起。

我虽然没有看她，但我知道她满脸泪水、相貌扭曲的样子。

"你跟我在一起，我们在一起谈恋爱，可是为什么要这样？"

"你去报警吧。"她一会儿颤巍巍的，一会儿又直立立的，最后近乎是吼着对我说，"你有本事去报警吧，抓我吧。"

当时我攥着拳头，但不知道这时候该捶床，还是该捶她，还是该捶自己。一腔难以名状的火焰，就在我的胸口燃烧。

那一年我马上就要十八岁，即将上大学。

但是，命运是，我已经遇上了阿芳。

2

　　阿芳比我大三岁，我们一开始只是在一起上学的路上遇到了。她比我大三岁，但是只比我高两个年级。很平常，我们是邻居，我们在同一所中学上学，我们就是会遇见。在命运里遇见。

　　她骑自行车在我前面，她穿的是绿色的裙子，裙摆在春风里飘，也在夏风里飘，当然也会在秋风里飘。

　　就这样，看久了，就把我看脸红了。

　　我一个青涩的少年，面对尴尬的惯用伎俩是逃避。我故意骑慢，让阿芳远离我的视野。

　　但那天，阿芳骑车摔倒了。

　　最后不可避免地，我还是赶上了她。

　　她倒在地上看着我，我就只能停下车去扶她。

　　"你知道我是故意摔倒的吗?"后来阿芳跟我说，"我就是让你来扶我。"她脸上得意扬扬的表情，曾经让我感觉上当受骗，又没多后悔。

　　阿芳太坏了。我不是她的对手。这可不光是年轻的问题。

"对，你就是个童子鸡。我看上了你这只童子鸡。"阿芳坏坏地说。

"啥时候看上的?"我想问，但没有问。

后来，阿芳带我去溜旱冰，我居然又答应了。

她在溜冰场里一直让我拉着她的手。我并不情愿，也无可奈何。

本身我对溜冰称不上有多少兴趣，但也不抵触。只是一种游戏。阿芳邀请我来玩这一场游戏，那就玩一下。

溜冰场里没有我的同学就好。对我来说，这就是校外兴趣课。

我因为初学，还站不稳，更滑不远，所以也可以说没有选择，就只能牵着阿芳的手。

她的手不大不小，刚刚可以把我的手牵住。没一会儿，我手心就出汗了。

"童子鸡，你怎么出汗了?"

不问还好，一问就傻乎乎的。

阿芳就傻乎乎地笑了，仿佛她也知道答案。

阿芳她旱冰溜得特别好，不仅会正着溜，还会反着溜，还会时正时反。她拉着我的手，我觉得她溜得不是旱冰，她只是在溜我。

溜旱冰的时候，她也喜欢穿那身绿裙子。

绿裙子下面是丝袜，肉色的。

她偶尔摔倒的时候，我都会故意别过头去。但是她马上站起来，笑着溜向我，拍拍我的头。说拍也不是拍，更像是抚摸。

她说："我就喜欢你这傻样。童子鸡。"

她每次叫我童子鸡，我都有一种被羞辱的感觉，脸唰唰地就红了起来。

在我记忆里，阿芳的个子本来就高，但还是一年一年在长，虽然我也在长，但我永远都赶不上她。

她的腿也越来越长，我就感觉她的裙子越来越短，越来越短。

那一年，《泰坦尼克号》上映，我们镇上的电影院做了很大很大的海报。

阿芳说带我去。

我根本不知道泰坦尼克号是什么东西，更不知道扮演杰克的是一个日后如此有名的明星，只是无可奈何答应了。

但我知道这次答应是因为我喜欢看电影，我喜欢故事。

后来，我写作，除了写作，我的大部分时间都用来看电影。看电影成了我的日常爱好。

而我看的第一部电影，就是《泰坦尼克号》，阿芳带我看的。这是我人生第一次去电影院，看电影，以及和一个女孩。

电影院没那么嘈杂，至少不比现在更嘈杂。看电影的时候，我也没有别的想法。不敢做的事我就不想，跟我现在可不一样。

《泰坦尼克号》里，我觉得那船好大，杰克，很帅。爱情，还没共鸣，那只是我想象中的东西。也许，电影是想告诉我，爱情就是那样的吧。

爱一个人，就要爱得很深，不惧其他。

电影到后来，我觉得死亡很可怕。和心爱的人，就这样在冰海中分别了，又可怕又悲伤。

我只是害怕，阿芳却一边看一边哭。对，我记得她哭了。

其实她从电影一半就开始哭了。她哭的时候还会抓我的手，我抽也抽不开，越抽她抓得越紧。后来我索性就不抽开了。

对，我想起来了。我不敢做的事，阿芳帮我做了。

走出电影院的时候天色已晚。远处灯光摇曳，众人散去。

那是春天，但晚上挺冷。

就像旱冰场，镇上我们认识的人也不多，趁着夜黑，阿芳就挽着我的手，无可奈何，我也给她挽了。毕竟我是一个童子鸡，她是一个女孩子。尽管她比我高，比我大，但她刚哭过。童子鸡也得有男人的样子。

后来我们从镇上骑车回家，我骑着车，她坐在后座抱着我。

突然她说停一停，我就停下来，问："怎么了？"

"没怎么。"她突然冲到我面前，给了我人生的第一个吻。所谓人生的初吻，就来了。

突如其来。

一切都很快。

她仗着比我高，把我的脑袋把住了之后，就吻了我。

这是我第一次碰到别人的嘴，显然慌乱得很，但因为在电视里，甚至刚刚的电影里，都看见过，所以抱着学习的态度，也没有很抗拒。

"感觉好吗？"老师问我。

我作为学生摇了摇头，但发现摇头不是正确答案，于是马上点了点头。

"将来，如果你和别的女人，你和她们亲了，然后你得告诉我，我给你的这个，是不是其中最好的。"

可能是阿芳特别自信吧，但我特别蒙。

"我不要别的女人了，我不要别人亲我了。"我说。天真如斯。我根本没来得及思考，这样的亲，以后还可以跟别人吗？我不知道啊。我哪里能知道。我觉得爱情就是一生一世，就是你死我活也得活得必须悲伤。

"傻子。"阿芳说。然后她笑了笑，又说："最好不要。"

"甜不甜？"她又问我。

这次我很快点了点头。

吻，真是甜。我第一次尝到的吻就是甜甜的吻，然后我当时口头拒绝了以后所有的可能。

这样的吻，比我想象中还甜，就这个，不要别的了。我想。但我不能马上表达出来。我是童子鸡，我得有童子鸡的羞涩。

奇怪得很，这个吻挺漫长的。在我记忆里，它得有五分钟那么长。我们没有胡搅蛮缠，我是说用舌头，那是长大后才会有的表现。

我就还记得我吻到了阿芳的泪水。按说应该是咸的，但每一次回忆起来，依然觉得这个很长很长的吻特别甜。

"你为什么哭？"

"我啥时候哭了？"阿芳问我。

"那我怎么感觉有点咸？我好像吃到了咸咸的东西。"

"啊，可能是刚才哭的没擦干净吧。"阿芳哈哈大笑着说。

后来发生的事，并不那么顺利。但这一段记忆，我留存得很好。

我并不是说这段记忆多么美好，甚至对我而言这是令我特别恼怒的记忆。我很不喜欢回忆这个吻的味道，但回忆起来确实就是甜的。

越是甜，我越恼怒——不是单纯的恼怒，用流行的说法，是那种屎和巧克力放在了一起，我恼怒于为什么屎要和巧克力放在一起。

我的人生，正因如此，变成了这样。

后来我们终于要回家了。而我爸妈在家门口正等我回来——我说的恼怒并不来自这个部分。

看见我爸妈等在门口的时候我一慌张，差点摔倒。

那自行车本来就是我爸的大号，我骑在前杠上，满脸的尴尬和害臊，像是一个杂技团演砸了的实习生。

是的，我还太小，我还不能有女朋友。我爸妈一定也是这么想的。

我爸妈看着我车后座，缓缓移出来一个阿芳。他们看着阿芳，一开始的生气，生气我这么晚才回家，一定想问我干吗去了，这时我猜测变成了愤怒。但愤怒往往无声无息。他们一句话都没说，但是眼睛瞪得很大，甚至嘴巴也张很大。

"叔叔，阿姨，我们去看电影了。"阿芳反倒大方上前。

然后她也知道我爸妈的脸色很难看，于是赶紧下了车后座，往自己家的方向跑去。

　　阿芳的成绩一直不好，这是我们镇上的邻居都知道的。但她是个性格外向的女孩，大大咧咧的女孩，发育很早的女孩，哪怕是冬天，那胸部也有很明显的形状。这还不是最关键的。阿芳是抱来的孩子，这是我爸妈愤怒于我跟她在一起的真实原因。我完全不怀疑于我这个判断。

　　一种有关身份的歧视，我们从来都不说出口的歧视。

　　"你现在不好好读书，将来准备种田还是卖货？"——这却是能说出口的，而且可以反复提。

　　那会儿我叔叔已经在大学里了，他们——我父母，我叔叔，都期待我也能步我叔叔的后尘。

　　"将来准备种田还是卖货？"这话他们平时很少跟我说，因为没必要。这话要留在必要的时候说，比如这一次。我成绩向来都不错。但彼时彼刻，我仿佛是一个差生，正在被批判。

　　爸妈虽然生的是别的气，但表面上只能以影响我学习为理由。看着他们那副表情，我只能选择顺从。

　　或许我也不想让父母失望吧。或者就是胆子小，或者心虚，或者还有别的。总之面对他们反复的诘问，我无法反抗，浑身耷拉。

　　我就这样，整个人浑身耷拉了一阵子。后来阿芳找我，我就再也没理她。我甚至不搭她的话。

　　有时候骑车，我远远看见了她的绿裙子，就骑得很慢很慢。我不能再给她机会使出故意摔倒这样的招数了。

我觉得那样就够了。已经足够了。不能再多了。

但阿芳没有马上放弃。有一天，阿芳她干脆等在我学校门口，我要推着自行车往里面走，她就把我的自行车龙头抢了。

"你爸打你了，还是你妈骂你了？"

我不说话。

"童子鸡，就是童子鸡。"

这下我急了，我说："你别再叫我童子鸡了。"

"那好，这个我答应你。"阿芳说，"那你告诉我，你爸妈是打你还是骂你了？"

"都没有。"我低头支吾道。其实我觉得阿芳很好，是甜蜜的姐姐，但我不想跟我爸妈交代不过去。我不知道正确的做法，除了听父母的话之外还有没有别的。在一个少年无法解决问题的时候，沉默也许是唯一的选择。

"那你给我一个说法啊。"阿芳说。

我知道，这时候，我应该选择沉默。

阿芳一直在等我开口，等了大概五分钟，我就是低着头，把整个人继续耷拉着。身边有同学经过的时候我更难受，但我依然保持着一只未成年刺猬的样子。

"傻子。"阿芳最后骂了我一句，然后把自行车还给了我。

我是一个傻子。就让我当个傻子。傻子没办法啊。

3

一年多后，我爸在世纪末走了。

1999 年，我恰好初三。

我爸年纪轻轻，竟得了肺癌。他并不强壮，也不苟言笑，不喝酒也不抽烟，但命运跟他开了玩笑。

我在电视里看到的所有父亲，都像是我爸。或者说，我爸有一个普通父亲该有的样子。

他被送到医院的时候已经昏迷。医生连夜抢救，无果。

那天凌晨，我妈跑到我房间里，哭哭啼啼地对我说："你爸走了。"她把整个脸都哭花了，我也分不清哪些是鼻涕，哪些是泪水。

我觉得那是天刚蒙蒙亮的时候，天就一直没怎么亮。

可能我妈期待我有所表达。但我没有哭，看着我妈哭成那样，不知道为啥我哭不出来。

痛苦难受的时候，我已经习惯了沉默。

我并不太明白，父亲走后我会如何，我又该如何。

可这是命运。

三年后就是我妈死的那一年。一切没什么征兆，但最奇怪的是我感觉这一切并不意外。

那一年我刚刚成年，也拿到了大学录取通知书。

我和阿芳再也没有之前那种"联系"了。虽然我一直尴尬，但尴尬久了也能把这种尴尬化为习以为常。

我成绩一如既往，就是说还不错。没有了"爱情"的牵挂，没有什么能让我考不上大学。

在高中，我爸走了，我妈独自照顾我。而我又很争气，没看上那些矮小的女孩。在我眼里，女孩就应该高高的。

高中毕业，我妈"服毒自尽"。

我妈的丧事，是我对老家最后的记忆。我叔叔操办的。

我记得那时我叔叔把流程都问好了，但每一步还是很不利落。亲戚们也帮了点忙。

那天我家的亲戚们比我哭得厉害。爸爸走的时候我没哭，妈妈走的时候我学会了哭，但还是输给了亲戚们，因为我学得并不好。

其实我并不知道他们伤心在哪里。大部分的亲戚，我们一年才见一次。

直到丧礼结束，阿芳来敲我的房门，才感觉到一阵又一阵恶心——那种悲痛到极致才会有的感觉。

而且，阿芳的到来，也让我意识到，再也没有我的父母，去帮我拦住她闯入我的生活了。

我想，该来的，又来了。

"这是你们家欠我的。"阿芳眼里都是泪，说道。我能感觉到她想抱我。但我已经十八岁了，个头，已经跟她一样高了。

我默不作声，但眼里也开始积聚泪水。是悔是恨，我说不上来。

"你去报警吧。"她吼着对我说，"你有本事去报警吧，抓我吧。"

我把阿芳按在我的沙发上："我不报警。我为什么要报警？"

母亲走后，我迅速成年。

4

那年暑假过后，我来到了 S 市市区念大学。

整个暑假我和阿芳见过几面。最后一面不欢而散。

我对自己所做的一切感到轻微的厌恶。我不该和阿芳发生什么，但发生了。我应该恨阿芳，但没恨上，反而处于时不时的牵挂之中。

我对这种牵挂也感到厌恶。

我对她说："我没办法跟你在一起，哪怕我没有了父母。"

阿芳说："那你又不报警，又不跟我在一起，你到底想要干什么？"

"我也不知道我要干什么。但我真的没办法跟你在一起。我要是跟你在一起了，我就更无法原谅我自己。"

"你要原谅自己什么呢？"

我想原谅自己什么呢？

常常在夜里，我抑制不住地胡思乱想。好在，很快就开学了。

到了大学里，一切都是崭新的。我希望自己能在新世界里重新开始生活。

我开始看各种书，各种外国文学，也看哲学书。哲学很有意思，谈的都是我之前都没有想过的问题，比如死亡。

父亲去世之后，我想过死亡到底意味着什么，但没有得到答案。母亲去世后，我又想了一下，总是想，但依然没有答案。

我只是怀念他们。怀念大过了思考。

有一本书真正触发了我关于人生的思考。那本书叫《游戏的人》，荷兰哲学家赫伊津哈写的。

这本书改变了我的一些基本的人生态度，除了"人总是会死的"这一点之外，人总是要游戏的，书里说。

但是光把思考写出来很难为情，必须写小说，把思考融于小说虚假的故事里，这样一来，没人能看出我浅薄的思考。

于是我就编了两个故事。

我先写了一篇叫《毒药神童》的小说，写一个小孩子，什么都不干，整天研制毒药，最后毒死了一个妨碍他恋爱的他讨厌的邻居。我把这篇小说投稿给当时国内最大的文学杂志，居然被录用了，还被评为了当年的最佳短篇小说。我没明白评委们到底看上了这个小说里的什么。没关系，我因为写作被奖励这件事对我的人生可能更重要。

后来我乘胜追击，又写了一个长篇小说，《我年轻时候的女朋友》，写一个中年人回忆自己的初恋，当初无法在一起的悔恨，没有努力在一起的遗憾，以及生活所带来的一切"不可撤销"，也顺利出版了，虽然最后反响平平。

不管怎么说，我成了一个小有名气的大学生作家。

那段时间，还特别喜欢做梦。我不光梦想成为一个大作家，还梦想拥有完美的人生。

完美的人生是什么样的呢？不知道。

梦里，阿芳出现过好几次。一次，她对我说："我不知道那是欺负。"阿芳正抱着我，"对不起，其实是我欺负了你。"

"不是欺负。不算欺负。"我说，"再说你欺负的人不是我。"

"我没有想太多。我没有想你的感受，没有想你的处境。这是我的问题。"阿芳说，"因为我没有爸妈，真正的爸妈，所以我没考虑到你这样有爸妈的人，会怎么想。"

"不是这样的，"我对婶婶说，"或者说，每个人都是这样。每个人都很难为别人考虑，周到地考虑。"

是的，阿芳突然变成了我的婶婶。

"我罪有应得。"我的婶婶说。

阿芳，我的婶婶。现在她死了，我只能在梦里跟她对话。

最后她说她罪有应得。

我认为这可能是公允的。

5

我全身湿透了，出了一阵阵热汗。这一次是我叔叔。

我终于有机会见我叔。他被关押在离我们老家不远的地方。他距离自己的家很近，但又非常远。我看到他趴在一个满是栅栏的窗口向家的方向眺望。

深色的墙，很高。任何人都无法逃出来。坚硬的网，把我们四周都围住了。

我叔叔卸下了义肢，半躺在一张藤椅上。他的右腿只剩下膝盖以上的部分，但可以随时转动。这看上去有点滑稽。但我觉得滑稽之余，也很可怜。

我还记得他第一次装上义肢时候的样子，又可怜又滑稽。

"我没有杀你婶婶。"他对我说，"我没有杀我老婆。"他的声音越来越轻。"我们吵了一架。"他埋下头，眼神空洞，眼球早已布满血丝。

"我知道。你哪有胆子干出这种事。"坐在他对面，我不知道怎么安慰他。当我想跑到我叔叔面前拥抱他，他却突然用头撞墙。

鲜血迸射，射了我一脸。射得可真远。

我摸了摸脸上的血，发现没什么味道。

那就是梦了吧。然后我梦就醒了。

我从床上坐起来，给自己倒了一杯水。

这些年，我一直有一种苟且偷生的感觉。这几天，我感觉我的病加重了。

"是我放火烧死了婶婶吗？那那把刀又是怎么回事？"在日记里，我扮演、表现着精神分裂者的症状。

"那为什么刘警官又告诉我，我婶婶其实是中毒身亡的？"——这才是重点问题。

我从内疚自责，惶恐不安，到充满疑惑，想一探究竟。

我叔叔一定是无辜的。他喜欢看书，又胆小如鼠。他沉醉在麻将里。他不会对人恨成那样。他性格温和。他也许，还爱着我的婶婶。

我想起我叔叔，关于他的一切。

小时候，我喜欢读书，是因为我叔叔喜欢读书。他只喜欢读男作家写的书，比如汪国真和古龙。我那会儿也经常跟着我叔叔要书读，读来读去全是男作家写的，有时候我认为这是导致我的情感比较粗糙的真正原因。这甚至间接导致我无法在写作道路上持续发展，或许，也导致了我恋爱不顺遂。我可以把一切问题都推脱到别人身上。我有这个本事。

但在我小时候，我叔叔的书房，就是我的天堂。

我又摸了摸床边，这是我叔叔送我的口琴。

二十多年过去了，我吹了吹，居然还挺清脆的。只有那锈斑，代表了它的年龄。

叔叔那时候在外地读书，给我邮寄了这个小礼物。我还记得当时我兴奋的样子。尽管我拿到嘴边只是给这个绿色的小玩具涂抹了一圈口水，但我爱这个玩意儿。

在我悲伤难过的时候，我就吹一吹它。吹出来的声音很杂乱，但感觉很美妙。

叔叔须发很不旺盛，这应该也是一个证据，我想，这个可以下次说给刘警官听。"我叔叔就是个同性恋，所以他毛发不旺盛。"说得通吗？不知道，试试吧。

反正在我 13 岁的时候我都已经拥有了腋毛，而我记得，我叔叔的胳肢窝可是光秃秃的。就像什么？就像小小鸟的胳肢窝。那种刚生下来的小小鸟，它们的身体和翅膀都是红彤彤的，什么毛都没有。

当我告诉我的伙伴，我叔叔送了我一个口琴之后，我那个该死的小伙伴说："是那只小鸟送你的口琴吗？"我就很生气。

我可以觉得我叔叔是一只小鸟，但别人不行。

知道是谁说我叔叔像只小鸟吗？就是阿芳。

那是更早的时候，我和阿芳还没有吻。我在我们家后面烧着火，取暖。我还吹着口琴，但肯定没有任何调子。我就是纯瞎吹。

没想到阿芳就跑过来了。

"又在烧火啊小朋友。"

我没管她。没搭理。

"还很忧郁啊。吹口琴了都。"

我还是没理她。

"谁送你的?"

这回我想告诉她答案。我说:"我叔叔!"

"哦,就是那只小鸟啊?"

我叔叔确实个子一直很小,相比大高个阿芳,是像一只小鸟。但就算这样你也不能这么说。我瞪了阿芳一眼。

"小朋友还生气了啊。"阿芳跑到我身边,围着我打圈圈。忽然还凑近了我的脸,看我。我被她看着看着脸就烫了起来。

可能是因为火把我的脸烫到了吧。

再后来,阿芳就表演了故意摔倒的节目。

最终,是我叔叔娶了阿芳,娶了我的初吻赐予者。阿芳嫁给了一只小鸟。

我不知道出于什么原因,或者我知道但不想承认——我知道但不想承认的事情有很多——我还不想承认阿芳是我的初恋。

我也不想承认我无法跟阿芳继续"初恋"的原因。

在我读大学的时候,有一个暑假,我叔叔和我婶婶结婚了。

我不知道这当中到底发生了什么。我不能问。我不知道该怎么问。我又有什么资格问呢?

我叔叔这样一个小知识分子,是他先爱上阿芳的吗?但阿芳真的接受了我叔叔那只小鸟吗?

还是阿芳最终决定,用嫁给我叔叔,来告诉我这个童子鸡,我们是一家人了？

或者告诉我，你不要我，那我就做你的长辈？

可笑的女人。

第五章

1

刘警官约我吃饭。这次正儿八经选的是一个中餐厅，还定的包房。我不知道这里面有什么寓意。我对这位刘警官已经有了一些警惕了。我不希望自己最后被他玩了。我现在不确定他的目标是不是我，但我马上会知道他的目标不是贾佳。

"不让我喝你们的茶了？"我在电话那头说。

"是我想跟你聊一些跟案件有关，但不方便在所里聊的事。"刘警官在那头说，"我也想帮你叔叔，你知道的。"

刘警官依然到得比我早。做完了开场白之后，他拿出一张打印好的照片。就是我让监控室的那个小伙子打印的那张照片。

"你那天找到的这个女孩，我想让你帮我个忙。"刘警官开门见山。

刘警官让我帮忙？我连忙点头。

"她的名字叫贾佳。你那天问了，我没回答你。"刘警官介绍道。

原来刘警官要跟我聊她。

"嗯，那天这个已经说了。"刘警官表情犹豫，仿佛在给自己做一个决定。

"贾佳。贾宝玉的贾，每逢佳节倍思亲的佳。跟我一个朋友名字一样。"恰好给我机会，我打断了刘警官。

"没错。那天在所里，没有继续。你和这个朋友的关系……"刘警官先是皱了眉头，然后又说，"这个名字应该是挺多见的，但你认识的贾佳，就是照片上这个。你应该知道她就是你的朋友。你的一个故人。"

理论上，我应该仔细看看照片后，表演一下"突然一惊"和"豁然开朗"，或者追问，刘警官，你确定她的名字叫贾佳？但我没有。我只是问刘警官，你为什么在所里不跟我继续聊她？她可是有嫌疑的人。你为什么只是笑着说我应该认识她？为什么？

不在所里继续聊 jaja，是因为怕我觉得尴尬吗？

对面的刘警官并没有像想象中那样充满狐疑地看着我。而我想到了阿珍问我的那个问题——

"你知道 jaja 现在在做什么吗？"

我早就知道她是 jaja，我也早知道 jaja 在做什么。

我有一种很奇妙的感受，但是说不上来具体是什么感受。

"卖酒。在梦辉卖酒。"阿珍说。

我们说好的不提 jaja，但阿珍还是破坏了我们的约定。

我没有搭话。我当时心想，不能表现出任何惋惜。但我确实是一阵错乱和一头雾水，以及一种很莫名的同情心。在阿珍面前，谨慎表现这样的情绪可能是最自然的。

然后我就应该想到，jaja跟我婶婶，已经有了交集。

"她是你……"刘警官把我拉回现实。

"前女友。"我斩钉截铁地说。

"前女友，哦？"对此，刘警官仿佛展示出了浓厚的兴趣，又仿佛我们之间的谁捅破了一层窗户纸。但是突然他又笑眯眯，带着一丝欣慰说："其实我知道。"

什么？你知道什么？别以为你是警察你就可以无所不知。我的内心在警惕。

"没想到她会走这条路，选这个行业。"我说，"我可不是歧视。"

"这条路是什么意思？"刘警官问我。

"没别的意思，我说了不是歧视，我不歧视去酒吧喝酒卖酒的女孩。"我连忙解释。

"哦，好吧。还是跟着你的婶婶。你说这是不是人与人一种奇妙的缘分？你的前女友跟你婶婶在一起卖酒。"此时刘警官脸上的表情称得上奇葩，我无法描述。

可能，jaja跟我的缘分未尽。

在我说出了我和jaja的这番关系，而刘警官说他知道这件事之后，情况就变得更有趣了。

是jaja跟刘警官说的吗？我交往过一个小作家？就是死者的侄子。就是我。

我还有一些疑惑，而刘警官点了一瓶酒。

"或许她以为你婶婶能照顾她？给予她安全感？你婶婶知道贾佳是你前女友吗？"

"不知道是不是知道。我也不确定。可能不知道吧。但这些跟我婶婶的案子又有什么关系？"

"公务员现在可以喝酒了吗？"我岔开话题说。

"现在不算公务。"他说。

"怎么不算公务了？难道我们是朋友了？"我问。

"好吧，不妨告诉你。"在那瓶啤酒打开之前，刘警官先打开了我的疑问。"我差点成为你哥……"他笑了。然后又收住。

一时我不知道该演什么了。

"你婶婶……"刘警官顿了顿，"差点我也得叫我一声……叫一声什么呢？"

刘警官终于憋不住了。他说："贾佳，她是我表妹。我是她表哥。所以，我才会读你的书，你明白了吗？"

等等。

"跟你不一样，我知道她在这里上班。我之前就知道了。所以，你给我看她照片的时候，我就想问你，你认不认识她。"

我想起，jaja好像是跟我说过，她有个表哥，是警察。让我不要欺负她。

"警察算什么？我又没犯法。"我当时反抗道。

jaja说："你犯的是流氓罪，你知道吗？"

"那让你哥来抓我吧。"我说。然后我突然想起，曾经还有一个人，也说过这样的话。

"你去报警吧。"阿芳吼着对我说,"你有本事去报警吧,抓我吧。"

等我回过神来,很想叫他一声哥的时候,刘警官说谢谢我。

他说谢谢我,这突如其来的谢意,感觉不安好心。谢我什么?朋友之间有什么好谢的。谢谢我最后没有成为你的妹夫?

"谢谢你的坦诚。我看了你写的书,你把jaja写得真美好。"

"内心丰富,自由且酷。"我说道。在我心里,jaja就是这八个字。可是刘警官,你谢错了吧。我心里对这名刘警官说。我哪有对你坦诚?我更没有写过jaja一个字。

我写的人,不是jaja。所谓的"真美好",更是化了妆的。

"你是说《我年轻时候的女朋友》那本书吗?"你认真看了吗哥?不过我好像不应该反对他的说法,那样会显得很不友好,也不礼貌。现在是游戏时刻,我想。如果这是一场游戏,我只想配合你玩这一场游戏。玩好这一场游戏。你帮我通关,或者……为了不输掉这场我有机会赢的游戏,我想我本来就需要喝一点酒,但不能失去对自己的控制。

我已经把刘警官当作我游戏里的对手。

实际上我更应该把刘警官当作我的队友:让我们一起发现真相是什么。

"我知道你叔叔不是凶手。"刘警官说,"我一看你叔叔的长相,我看你叔叔被调查时候的反应,我就知道你叔叔不是。凭我做警察这么多年的经验。"看样子我叔叔已经交代了和婶婶在那个夜里的争吵，以及争吵内容。

我听着，但目前不知道怎么接他的话。

"但我意外的是，你没有告诉我这些实情。"

是的，我没有告诉刘警官，我婶婶出事那一晚，我叔叔来找过我。

"我想你可能在偏袒你的叔叔。我是这么想的。但我突然觉得你这个人吧，好像也不像我以为的那么简单。"

刘警官略微严肃了一些，不再跟我攀亲带故。

"不管怎么样，我更不希望把嫌疑转到贾佳身上。"他看了看我。我觉得这是一个危险的注目。"你知道的，她也不可能杀人的。而且，毕竟有过感情，我想你也应该帮她。"

"我也没说不是我叔叔杀的，就是她——"我指了指照片上的人，"——就是jaja杀的。"我说。"何况，我不知道她就是jaja。起初我真的没认出来是她。她穿成那样，我不认识了。不管怎么样，我同意你，刘警官。刘哥。"

刘哥，我在骗你，这一次不是隐瞒，而是欺骗。我第一眼就认出了jaja。

jaja，人肯定也不是她杀的。我对自己说。jaja虽然是个神经病——内心丰富，自由且酷——但不至于杀人的。

我虽然好多年没见她了……我回想了一下，jaja是个什么样的人，对，实际上我认为jaja是个不确定的因素。她能做出超出所有人意料的行为，以及实现与普通人不一样的人生。

我突然又想起前一阵，阿珍说的，那个晚上，jaja在酒吧里，和一个女人互抽耳光的事。如果阿珍没有认错人，那这个jaja还是当年那个jaja。

可是这样的jaja，拥有一个警察哥哥。

"你这个做警察哥哥的，怎么能让自己表妹去做酒吧卖酒的？"我喝了口酒，向刘警官主动进攻。

"jaja，你了解的，她想做的事，你怎么去拦呢？"

"哦，也是。"我低头夹一颗花生。那颗花生好像jaja，我怎么夹都夹不起来。自由且酷。

当我抬头，希望刘警官没看到我始终无法夹起一颗花生的尴尬时，却发现刘警官一脸的真挚。

"你怎么回事，刘警官？"我看到他看着我的眼神，居然真诚到像是我可能要听到他一个人生重要秘密似的。

"真没办法说，这个人，她去做KTV，就是KTV，就是那种场所，虽然名义是去卖酒，你懂的吧。陪人笑，陪人喝酒。其实卖酒都是其次，主要就是坐陪客人的。每每想起这个，我都过不了自己这一关。我一个警察，妹妹却在KTV卖酒。我在所里不想提这个事。我同事都不知道这个事。何况，我跟她已经吵翻了。我知道她做这个的第一时间，我就骂了她。狠狠骂了她。"

"然后呢？"

刘警官喝了一口酒。

"然后，她在酒吧里泼了一杯酒给我，满满一杯酒啊，全泼在我脸上。你知道我当时多没面子。还是在我同学面前。"

"等等，刘哥，你是说你也去了梦辉酒吧？"

刘警官苦笑了一下："就那么一次。当了警察之后，就这么一次。你说要多搞笑就多搞笑。我是警察，我妹妹是酒吧卖酒的小姐，还是梦辉这样的酒吧。而我还去光顾了梦辉酒吧。"

我以为故事精彩的部分开始了。打起精神来听刘警官讲故事。

真好笑啊，我的苦笑来得迟了一些。

刘警官开始讲起 jaja 小时候的事。

他说他和 jaja 是表亲里年龄最接近的，也是关系最好的。但是这个刘警官说起往事，总是东一段西一段，没头没尾。我不知道他为啥这么快就暴露了醉态。完全不加控制。这么一来我反而很怀疑，这个刘警官，对我来说是对手还是队友。要是队友也太差劲了，我是说酒量太差劲了。

一个警察，理应是个好人。包庇亲人，未必能称得上完美。但是包庇的是我前女友，也就可以原谅。

此时此刻，我不知道"包庇"这个词是否用得正确。

当然，我大约知道人不能单纯地分好和坏，这样分的人可能还没遇见过复杂的情况——你无法确信自己属于对的还是错的，那样的情况。

"你是不是嫌我啰唆？"可能意识到当初对我说我婶婶那一段表达过不耐烦，这时候刘警官居然也为自己担心起来。看起来刘警官是一个善于推己及人的人。

"第一人称叙述，当然会有点啰唆。"我对刘警官说，"谁都一样。谁能像写报告那样说自己的故事呢？你说的还主要是你妹妹。"

"对，我记得你小说里就是这么说的。第一人称就很容易，啰唆。"

"可我习惯以第一人称写故事。很方便。但要用第一人称把一个故事写到天衣无缝，真的是太难了。"

"哪有什么天衣无缝。你知道我们当警察的，就是去找那些缝。不管怎么样，你那些小说真的很啰唆。"刘警官哈哈大笑。

"那你怎么还会喜欢读呢？"我问。

"我哪里说我喜欢了。我是关心我妹妹，找了个什么样的人。别人送我书我都不会看，我妹说，这是她男朋友写的书，我才耐起性子看。我当时说小小年纪还写书，我根本就不信。小小年纪能写出什么东西来？有一天也没有什么别的事，上着厕所就开始看了。看到里面的主人公跟 jaja 简直一模一样，我就被你的天真，这么说你不生气吧？反正被你的天真打动了。"

我不知道这到底是夸还是贬。不重要。"我想写一部犯罪小说。我想了好久了。"我问刘警官，"你下次能告诉我一些有趣的案子吗？"

"没用的，你写不了那些。天真单纯的人，怎么去写犯罪小说？"

"这怎么跟上次你说的不一样，上次你说，你跟我多聊天，你能从我这边获取不少写作的灵感，我还记得呢。"

"哦，是吗？你记性看来不错，我都不记得了。"

"不是你不记得，我看是你喝多了。"

但刘警官喝多了说的可能接近现实，我的天真让我写起这一类小说很艰难。

我开书店做生意的那一年，也有很多人跟我说过类似的话——小火，你干不了这个。小火，你干不了那个。

因为天真，我都想试试。但也因为天真，最后这些都毫不意外地失败了。

可怜的是，我现在不怎么确信，自己还是天真的。

很难得刘警官，把我当成了朋友。就这样喝着酒，聊着天，回忆着过去。

我们有一个再合适不过的话题人物，jaja。我的前女友，他的表妹。

我看了看刘警官，不知道这个朋友将来对我是不是危险，会不会有一天，因为某件事，他亲手把我抓住。

到时候，我们还是不是朋友呢？那也是以后的事。让我先把今天的酒喝了。"珍惜现在的友情。"我说着祝酒词。

"什么是友情？"刘警官问我，"多少次，我把对方当朋友，对方却不把我当朋友，后来我决心不再需要朋友。反正，对我这样的人来说，有没有朋友，没有什么区别了。"

听上去刘哥的故事还不少。"但警察也需要朋友的。"我安慰道，"不要以为法律能成为你的朋友。"

刘警官哈哈一笑："哪儿看来的电影台词？"

"不记得了。"我笑着说。

差不多就醉了。半醉半醒之间，一般人都喜欢聊感情的。比如说朋友的背叛。这是人喝多了之后最愿意敞开心扉的话题之一。

2

我要说说那天刘警官和 jaja 的故事。一个警察和他的表妹在梦辉酒吧相遇的故事。

从我这里听起来，这个故事很有必要说一说。有一定的《故事会》情节，娱乐性不错。

刘警官确实是一个啰唆的人，开头他讲了自己和他其中一个好友的很多年的友情。谁都会有这样的友情的，就像我和邱老师。一起成长，一起经历着某些事，见面随便说什么都可以，互相攻击几句也行。

这个友情发生在刘警官和他的同学之间，但随后他们走上了两条道路，他成为警察，一名人民警察，他的同学，成为企业家，做生意的。

没错，他们那天晚上去的是 KTV——这个 KTV 名字叫作梦辉酒吧。这完全不是刘警官计划中的。本来他的好友说要请吃火锅。高档火锅。他俩去了。点的都是最贵的菜，以符合"高档"的定义。他们还点了"高档"的酒，好几瓶非常贵的酒。好友说自己生意即将失败，因为自己多年的亲信，把他的生意全抢走了。好友喝多了,想珍惜最后的"贵族生活"。还非要拉着自己的警察朋友一起体验。

"让我最后请你一次。S市最好的商务场子。"好友对刘警官说。"我的主场。也许以后不是我的主场了。"好友说。

刘警官对自己以公职人员身份进入这一类娱乐场所比较谨慎。哪怕喝成七八分醉,那个底线他还守得住。

"不去,真不能去。"他大着舌头说道。然后眼睛就闭上了。

等他眼睛再次睁开,居然就到了一家酒吧的大门口。

"神经病啊,不是说了不能来嘛。"刘警官大声责骂好友。

商务车停了下来,好友已经下车,迎面来了一个打扮时尚的女子。她热情地迎接着尊贵的客人。

好友转身对刘警官讪笑:"来都来了。"

刘警官虽然也下了车,但死活坚持不能走进这种酒吧的大门。任凭好友拖拽他,他就是纹丝不动,一步都不挪。

他的好友进退两难,一方面酒吧的业务员正在笑脸相迎,一方面那个醉了酒的哥们坚持不进去消费。

很明显,这里就是好友说的场子,梦辉。没有别的场所,对刘警官的好友来说,更符合这样一种"告别"仪式。

在酒精的作用下,好友拽了刘警官半天,业务员拽了好友半天,刘警官拧了半天。这场面,我听着就觉得滑稽。更滑稽的在后面,刘警官说他的好友开始大叫大跳。

"你们怎么都这样对我?众叛亲离,让我众叛亲离!刘涛,你这是伤害了我。"

刘警官当然听不懂这里的"众叛亲离"是啥意思，好友估计也是自己发挥了。

他只是觉得尴尬。一种我本将心向明月的尴尬。他试图用大叫大跳来掩饰这种尴尬，恰好，足够的酒精让他拥有了这方面的才华。

在我听到这段情节的时候，想起了菲利普·罗斯在《人性的污秽》一书中所描绘的一名教授、院长，我不太记得住外国人的名字，但假如我没有记错的话，科尔曼教授。

当科尔曼教授被自己的学生举报说自己是种族主义者的时候，应该也是这个样子。

> 他内心的自控力已经全面瓦解，精神崩溃，就如同面对一起恶性的高速公路事故，一场大火，一次骇人听闻的大爆炸或者一个超级公共灾难，狰狞的面目，不可思议又令人瞠目结舌，歪歪斜斜的在房间里打转，使我不由得想起那些被豢养的鸡在被砍了头之后还继续走动的样子。

这一段我印象深刻，读完那本书的时候我把这一段摘抄了出来，作为一种致敬的方式。

> 我们以为看到的是那个崩溃的人，但实际上我们看到的只是一个被砍了脑袋的鸡。

和刘警官所说的——对应。

后来，刘警官苦笑着，继续对我说，最后他们在酒吧的门口，僵持了很久。直到业务员把里面那些花枝招展的姑娘叫到了刘警官和他好友的面前。

"你说是不是搞笑？"

我连连点头，同时也笑了。这场面在我脑子里越发滑稽。

酒精，酒吧，几个醉酒的男人，一些完全不知情况的花枝招展的姑娘站在酒吧门口，还有一个表演着"被友情背叛的被伤害很深"的男人。那应该是一个很混乱的夜晚。

"我很庆幸我坚持了原则，但我更应该马上就离开。如果我马上就离开就不会发生接下来的事情了。"刘警官仿佛在自责。

我说："接下来的事情是群众可以举报你的事情吗？但是我不敢。"我马上找补。

"举报啥？举报我喝了酒还是举报我到了酒吧门口？"刘警官又喝了一口。"不管是不是明文规定还是约定成俗，也没说警察不能到酒吧门口吧？"

"是是是。"我顺着刘警官说。

"酒吧夜总会 KTV 我不能去，但门口路过我总可以吧？"

"对对对。"我连忙点头。

酒精让人舒缓、放松，甚至放下警惕。这大概就是人性，这就是为什么梦辉这样的场所会被很多人作为拉近人与人之间距离的选择。我劝解道："你做的没问题，刘警官，但是接下来发生了什么呢?"

"然后你的前女友,我的妹妹,贾佳,就是她。她就出现在一排小姐姐当中。我学你的,叫她们小姐姐。这样让我还稍稍舒服一点。"

我突然笑出声来。"然后呢?"我已经在想象这个有趣至极的画面了。

"看见我妹妹,我就觉得有点眼熟啊。于是就跑过去,对着我妹说,你长得很像我妹妹。"

哈哈哈……

"然后我妹就叫了我一声,哥。"

……

"然后我就醒了。我摇摇晃晃地对我妹说,你怎么在这里?我骂了很多句。酒喝多了,素质也变差了。我平时脏话都不会说的。"

……

"被我骂了一通,一开始还好,后来我妹一脸不高兴,越来越不高兴。她就开始回嘴了。本来我们兄妹别说争吵了,不可能吵的。我们关系好得很,很亲,我很疼她的。从小就很疼她。我也知道她的个性很特别,但我不知道她居然能特别到去 KTV 当陪侍,去卖酒。"

……

"然后她说:'你才他妈的。我妈她是你妈的妹妹。'"

……

"对，也是我妹妹。那你怎么能来这里当鸡？对，我用了这个词。这个词非常不好，但我那天喝多了，素质很差，我居然把这个词放在我妹妹身上。"

……

"'你妈才是鸡。'我妹马上就回嘴了。"

……

"我妹居然骂我妈是鸡。她疯了。我非常不能接受。虽然我知道她也不能接受我这么骂她。我只是骂她啊，她怎么能骂我妈呢？我妈是她妈的姐姐啊。这还没完，她不仅骂我妈，没想到她居然还打我。我本来就喝多了站不稳，被她抽了一个巴掌之后，我居然摔倒了。"

哈哈哈哈，我听到这一段笑得合不拢嘴。我做了一个扶刘警官起来的姿势，然后说："刘哥，你站稳。你干吗骂她是鸡？"

"是嘛。我不知道啊。后来我才知道她不是鸡。她就是来这里陪喝酒。她不出台的。"

好家伙。我为 jaja 感到自豪。

"她说：'哪里喝酒不是喝酒。我去别地方喝酒还得花钱，我来这里喝酒还能赚钱。那我怎么不能来这里喝酒了？'我说：'这钱是你能挣的吗？'然后她又抽我一个耳光。别人拦都拦不住。当时大家都傻了。我感觉。大概听到我们是兄妹之后，也不想拦了吧。"

我突然问了一嘴："那你抽她耳光了吗？"

"那我能不还手吗？"刘警官说完，好像哪里不对。"但我

184

没用力。我真没用力。"他解释道。

哈哈哈，我笑了。我说："我那时候也没用力。"

我想到了那一幕，我突然觉得 jaja 回到了我的生活里。但我更觉得，刘警官那时候一定很滑稽。

刘警官不知道我所说的"那时候"是什么意思。他也不在意。他沉浸在对那个场景的重现之中。

jaja，我知道的，他能让一个男人不停地喝酒，也能和对方不停地互相抽打耳光。这是 jaja 的本事。

是什么让这个世界变小的？不仅是花花公子让世界变小，jaja 也可以做到让人惊叹世界居然这么小。我和刘警官就因为 jaja 变得亲近了，像是亲人了。

"你是个警察，居然还寻衅滋事。你那天肯定没穿警服。"

"你当你刘哥是个傻子呢？我怎么会穿警服。你看我现在穿了吗？"

"后来没闹大？"

"没有。我怎么能让这个事闹大？前面喝多了，后来我挨了一耳光马上就清醒了一些。开玩笑嘛。让事情闹大，那我不就完了？我不得挨处分？这种事情传到所里可不太平。对我妹，对我，都不好。都非常非常不好。"

"不能让坏事变得更坏。"我说。

"我就是那天认识的你婶婶。"刘警官说，"我要谢谢你的婶婶。她帮我处理了尴尬的局面。她拉着 jaja 就走了。"

刘警官这会儿认真看了看我："我要谢谢她。但我没想到她这么命苦。哦，不是命苦，是命短了。"

"那让我们一起把真凶找出来吧。"我对刘警官说道。

"你多努力。"我仿佛听到刘警官对我说。

咋让我多努力？你不是警察吗？不应该你多努力才对？

再说，我努力干啥？

第六章

1

和刘警官不一样，我守住了底线，没有把自己的一切交给他。我害怕这种把一切都交付出去的感觉。

我知道这是我的毛病。在恋爱、写作上，我都没有"把一切都交付出去"。我怕。但不知道怕的是什么。

这是我的某种自我保护。

后来我在书里看到，抑郁症是一种"有益"的毛病，因为它的所有症状都有一个指向，那就是会促使患者达到"自我保护"的目的——瞬间我就怀疑自己出生就染病了。

不过，这时候依然不是我自我治愈的时机。我面对的是一个警察。"把一切都交付出去"，尤其是交付给一个警察，对我太难太难了。

哪怕最后，我已经确信自己喝到兴奋，天旋地转，洪水滔天；每一句修辞都开始夸大，每一个发音都大着舌头；不停想当年，和刘哥互相掏心掏肺鼓励安慰，吹嘘自己也不忘吹捧对方，我依然守住了最后那件事。

真不容易。但越是不容易的事，完成了之后就越高兴。

宿醉后总是低沉，懊丧。但这次比以前好一些。因为，我对自己最后守住了那件事感到些许得意。

如果我说出那件事，现在我不知道该在哪里。

"思想贫瘠的人才会守不住秘密。"这是我在网上看来的一句话，被我拿来自我激励。谁愿意承认自己是一个思想贫瘠的人呢？

现在，我终于不再是一个思想贫瘠的人了。

但我也知道，前路依然艰难。

我起身站在我家的窗口，看着梦辉。依然是那个梦辉。

下午她总是低调。她因为着火而变黑的部分，现在已经被美白了。我想过不了多久，她还会继续自己的辉煌。就算没有了我婶婶这个业务很强的业务，她也依然是梦辉。

那一天也是一样，我站在这里，梦辉就在我对面。我颤抖着用力指了指对面。

我说："真的，是你放的火？"

她眼神严肃，点头。两次。确认。

"那你知道你把我婶婶弄死了吗？"

"我知道。你现在报警抓我吧。"

"报警？"我苦笑道，"我做不到。我哪里会狠得下这个心？你知道的。我都不用说。"

她沉默。

"但你能不能告诉我，实情。说几句真话。还有真话的，对吗？"

"我不知道该怎么跟你说。"她犹豫着。

"你怎么确保能烧死人？"

"我在杯子里下了药。就像你的计划，先杀人，再放火，只是，"她想了想，"我只是帮你完成了最后的部分。"

"不，我想用的是刀。我没有想用毒。"

"用毒，才是以牙还牙，难道不是吗？用刀我不行。我试过了。我力气太小了。"

看着她弱小的样子，我无可奈何。最后我问："你真的那么恨她吗？"

"这个问题不该问我。"她说，"是问你自己。你真的要她死吗？"

"如果我日子好过一点，我可能就没那么想了。但我也只是想想而已，最后我不是放弃了吗？现在搞成这样怎么办呢？"

"我知道你会很难办。你现在报警抓我吧。如果不是死刑，我想在那里面度过这一生。你记得来看我就好。如果是死刑，就死了算了。"

这是我和她最后的对话。后来，我就不记得了。

我也不能再说下去了。

2

她是谁?

你会不会正在这么猜?

她是阿珍吗?

她是 jaja 吗?

我有时候做梦,会梦见一个人,但我不知道她是谁。阿珍就睡在我身边,但我醒来的时候并不确定梦见的就是她。梦里的人好像是阿珍啊,但好像又是 jaja。

阿珍是阿珍,jaja 是 jaja。这分明是两个人。但她们有时候就是让我分不清。

阿珍我记得,我爱她。

jaja 我也没有忘记她。我爱过她。

遇上 jaja 是我的幸运,我想我就该遇上这样一个女孩,爱过,疯过,最后分开。

偶尔我也会开解自己,是因为我一直在寻找 jaja 这样的女孩,才遇上了 jaja。jaja 总是会让我遇见的。

我想象中,爱情是信任不是逼迫,是关心没有侮辱,是有共同或者共通的语言而不是沉默，除非沉默代表着默契，如果过程中有眼泪也应该是甜的。

阿芳给的，除了最后一条，其他的都不是。因此我坚信我和阿芳之间所有发生的一切，都不是爱情。

但有时候，在回忆那些往事的时候，我并没有那么确定。

无论如何，阿芳已经成了我的婶婶，而我总要去试着找我自己的爱情。

我不能一直惦记着阿芳，这惦记，说得轻一点，是烦恼，说得重一点，让我痛苦。

既然无法和阿芳恋爱，结婚，生子——她已经和别的男人，也就是我的叔叔完成了这一切，不管如何，至少完成了后面两项——那我也得有自己的人生不是吗？

可是我一直找不到那个人。你在哪儿呢？躲起来干吗呢？

直到遇见 jaja。

认识 jaja 是在 judy's。那是个声名远播的酒吧，颇多名流出没的地方，但一次次，名流们在那里都曝出了丑闻。哪个明星的老婆在这里抽了另外一个女明星的耳光，哪个明星在这里和醉鬼打架斗殴，诸如此类。最后，这些丑闻竟成了 judy's 最好的广告，让 judy's 成了更吸引人去光顾的场所，甚至光顾 judy's 都成了都市里年轻人的一种潮流。

所以吃完火锅，邱老师说："要不去 judy's？"我马上就确认是个不错的提议，说："好。"

邱老师是那种时不时会找生活新乐趣的人。只是这一次，他古怪地绕回了更年轻的生活。我想我们都三十多岁了，怎么还去混二十岁的年轻人混的场子？

我俩去酒吧看见小屁孩们玩闹的时候，常常互相看看，然后傻乐。前几次去的时候我还比较保守。三次之后我再去，就觉得那是自己家。那些更年轻的小孩，就像我家的亲戚。

忘记了是第四次还是第五次去 judy's，我遇见了 jaja。看上去很乖巧的 jaja，眼睛大到……让我认了铜铃可以是眼睛的大小。太引人注目了。手臂上暴露着文身，这与她的大眼睛有着奇怪的化学作用。我对她的文身提起了更大的兴趣。

她的左胳膊文了阿童木，右胳膊文了哪吒。而 jaja 穿着的恰好又是无袖的小可爱装。

当 judy's 的灯光忽闪而过，我看到了两个小家伙在 jaja 的胳膊上活动，随着灯光，他们仿佛还变换着各种姿势玩闹。总之我看了一会儿，就像在看动画片。

看了几分钟动画片之后我突然觉得自己要长大了，就把注意力再一次转移到 jaja 的脸，哎哟，挺好看。和大眼睛配合着的还有符合尺寸的嘴和符合高度的鼻子。

当时我就想，这会不会是爱情？

那双铜铃一般的眼睛，让我有一种恍如隔世的感觉，是好几个世纪没见过了的久违的感觉。

在嘈杂一片的环境之中，jaja 没有拒绝跟我在一桌喝酒。我当然也不希望她拒绝，表现得还算符合稍稍年长一些的得体。我温文尔雅地走上前，坐下来。

她的同伴们已经去了舞池，而她正在休息。

按照 judy's 的规矩，我俩没有多余的自我介绍，只是一杯接着一杯，各自执行着自己性别基因的使命。我想既然她这么想喝，我也不能怂。

肯定是酒精的关系，我们开始聊天，互相嘲讽。

我说："你在等什么人？"

她问："你在找什么人？"

当她"骂"我臭流氓的时候，我不禁回敬了一句"小骚货"。是这样，臭流氓和小骚货是真正的绝配。

但我想我也已经喝了一点才会这样。

"眼睛可以大，但你的眼睛为什么这么大？"我问。

"我们家眼睛都这么大。"她故意睁大了眼睛，像是要给我表演一个杂技似的。

后来我们说话越来越大声。又因为音乐很大声，我们就开始到互相吼对方的地步。吼着吼着吼出了一丝火花，直到后来我们开始互扇耳光，我才确切感受到了爱情的来临。

这就是爱情。当时我确定了。

不远处邱老师看着我们互抽，一开始还有点紧张，我注意到他欲言又止，像极了一个不擅长处理复杂问题的小孩。后来看我们谁也没喊救命和帮手，甚至纹丝不动坐在卡座上，就像两个老朋友只是划拳，邱老师就放任我身处暴力之中。

我的脸越来越火辣辣。就像我的心里也开始燃烧。

当时我一直在考虑是她抽完我停，还是我抽完她停。每次她抽完我，我就条件反射般去抽她，所以很难停。

但是我抽完她停也很难实现，因为就在我抽完她之后，她很快就会反击。

我们的出手一次比一次重，很快就要接近极限，我意思是很快就要把对方的牙齿打落，这也是我希望早点停战的根本原因。

说实在的我真记不得当晚谁是最后的上帝之手，谁又是最后的温柔，跟 jaja 在一起之后我们没有讨论过这个话题。

但是怎么就喝上头了呢？

jaja 说当时已经有点喝晕，然后在我的额头上看到了黑猫警长。

后来就一头钻进了我的怀抱。

……

3

那天早上醒来，宿醉后的我们才开始认真聊天，以期望更多地了解彼此。

宿醉原本让人疲倦，但这样的宿醉就比较例外。

知道我爱好写作，甚至还曾是个小作家之后，她突然表现得很兴奋。她说："没想到啊，我居然认识了个作家。你能不能给我看看你写的书？我喜欢看小说。"

"作家不敢当。"我说，"下次送你一本。写得不够好。随便看看。"我总是这样，并没有对自己的写作特别满意。

我知道我写的是什么。无非就是那种不能说的秘密。我甚至抗拒跟人聊起小说里的情节。

"这么谦虚？"jaja睁大了眼睛。她这么一睁，眼睛就要裂开。

"真没谦虚。我没那么自恋。只是实事求是。"

看着她侧躺在我身边，从她的眼睛往下看，哪吒和阿童木再次出现。我本想问她文身的故事，又担心这些文身跟她过去的情感经历有关，就强忍住没给自己添堵。

了解到 jaja 还喜欢看小说之后，我们就交流了一阵小说。为了展现优越感，我问起她一些作家的名字，有没有看过他们的书，海明威、福克纳是不行的，我说的是马拉默德、斯坦贝克这一类稍稍冷门一些的美国作家。果不其然，她表演了无知。

我骄傲于这样的小技巧，但偶尔也会为之愧疚。

像普通年轻人一样，我们还都喜欢听歌——我是说我俩听差不多的歌。就又聊了一会儿流行音乐。这时候我决定不再为难她。

她推荐我《梦回唐朝》，说那是英雄气概，常常一早起来就要给我放这个。我请她听《哦，乖》《高级动物》，人性复杂而隐秘。

应该说，我们在音乐上达成了平等，彼此对自己的品位和趣味都挺有自信，说出这些也是为了让对方觉得配得上自己，是默契的体现。

每次她听《姐姐》都哭得像个妹妹，我只有听《门》才会那样，像个失恋的弟弟。谁说得清这当中又有什么故事。

"你有一个姐姐？"我问她。

"不是，我有一个弟弟。听这首歌，我就想到我弟弟。"

后来，我才知道，她弟弟没有出息。大学毕业后一直没有找工作。后来又迷上赌博。jaja 的父母为此操碎了心。当债主追到家里时，父亲当众下跪，并承诺了会还钱。jaja 说起就要哭。抱着我，我说："别哭了。我也有一个姐姐。"我犹豫道，

"是个姐姐。"

"你姐姐？亲姐姐吗？什么样的姐姐？"

我苦笑着看了看她。已经顺利地把jaja的情绪带回来了，这是我的目的。

"你被一个姐姐伤害过？"但jaja走偏了，她关心起我的姐姐来。她小心翼翼猜测道，一点都不打算放过我。

"算是吧。"

"哈哈，姐弟恋吗？"破涕为笑，不过如此。

我突然觉得不想继续下去了，所以笑嘻嘻地说："是吧。"

看着笑中带泪的jaja，我觉得就这样过去吧。但jaja马上说，今天就让姐姐我来演一下什么是姐姐。接着她就用双手捧住我的脸，还使劲搓。

这是哪门子姐姐？

阿芳不是这样对我的，一样的动作，她可温柔得多。

闹了一阵，我们又聊回到小说。

她喜欢的是村上春树，她喜欢里面的女孩的样子。我感觉她也在模仿里面女主角们的人生。而我喜欢卡夫卡和卡尔维诺……这次我是认真的。我觉得那才是更高级的，是人类想象和思维的高阶。但我们都喜欢王小波。

有意思的是，我们终于又在某个地方会合了。

当我们聊起王小波，之前所有的分歧都不重要了。我们讨论起王小波小说里的性描写。讨论着讨论着，就会代入其中。

她叫我王二，我马上回应，叫她一声陈清扬。她一口一个娇嗔地答应着。然后我们就钻进我出租房的沙发床的被窝里。

她继续叫我王二，我继续叫她陈清扬……

在我们一起走路的时候，一起吃饭的时候，看完电影的时候，看小说之前，我们一起听歌。听完又继续聊聊文学。但总是在床边聊这些更让我记忆深刻。

这一切都自然和谐。唯一的缺憾——如果有的话，就是，jaja的吻总是显得粗暴。她总是希望把我的舌头吸进她的嘴巴，并且用她的两颗虎牙咬住，直到我喊救命才会放过我。

真的是让人无法体验亲吻的美好。

我有时候会因此故意表演生气——但jaja似乎并不理解我表演成分里有多少是我真正的不满情绪。

我以为吻不是这样的，吻应该是温柔的、甜的。而jaja爱喝酒甚至还抽烟，加上她喜欢咬我……总之差别太大了。

当时我已经凭借写作上曾经的崭露头角——虽然已经进入瓶颈——获得了在一个出版公司混日子的资格。才华是很多事情的通行证，过去的才华也算，只要被证明过就行。工作也好，爱情也罢。

jaja刚刚辞掉了工作，整天吊儿郎当——用她自己的话来说，体验生活。

我说："这不是作家爱干的事情吗？"

"我也是，"jaja说，"我也是作家。"说完噗的一声笑了出来。

我认为她有足够的才华——至少有当一个作家的才华。不过这是后话了。每一个文艺青年都应该……起码写点东西，而现在，写点东西就可以被称为作家。

不过 jaja 没有工作在我看来挺好的，一个文艺青年在年轻的时候去一个公司上班不是一种自我否定、自我反对、自我亵渎吗？而我上班主要是恐惧写作。最终的表现形式就是不写了。一个字都不写了。我害怕再写下去就会写出我人生仅有的秘密。

我要上班而 jaja 不用，这让我们无法时时刻刻在一起。在热恋的时期我们难以忍受彼此无法陪伴。虽然这么说有点太过于严肃和崇高。

"如果你能在家里上班就好了。"她苦恼地说。

"那咱们开个书店就好了。"我说。

"你开吧，我来当老板娘，哈哈哈哈。"jaja 就喜欢笑，说什么话题她都能找到她可以笑的角度。

开书店的想法就是那时候埋下的。我想。当时时机还没有到。这人生的厄运还没降临。

"要不要跟我一起上班？"我提议道，"让我们时时刻刻在一起。"

她说："好呀，我陪你。"

"去我的公司上班？"

"不然呢？"

说得也是。我突然意识到如果把 jaja 安排到自己公司上班，非常地环保。

可是怎么安排呢？

当时的领导对我的信任很盲目，在知道我是一个小有名气的作家之后，我成了出版公司里为数不多享有话语权的人。所谓的话语权，就是跟领导说点什么，领导不会第一反应是不管不问就加以反驳。

领导习惯了利用信息的不平等，以一种居高临下的姿态否定这个否定那个，从而肯定自己。员工们也习惯了这样的领导。幸亏我不用习惯。

我说："有个女孩不错，很会讨作家欢心。"因为情况属实，我的表达也很准确到位。

领导说："这样的人才不能错过。"

我说："领导真是唯才是用，了不起。"然后在心里夸了自己一句举贤不避亲。

领导说那赶紧安排面试。

面试的时候我让jaja穿长袖，不要暴露阿童木和哪吒。她说也好的。小家伙们也怕生。

一切只是走一个流程，很快jaja就成为我一个部门的同事。我们需要一起去约那些能卖钱的作家的新书。

我的老板确实是个聪明人，而且很简单粗暴，他只想出版能卖的书。至于社会责任，则是他去某些地方开会的时候才会提起的。

老板安排jaja和我成为一个小组。他的安排非常合我心意，从这方面来讲，老板心思也缜密。

"在公司里，能不能不要公开我们的关系？"我问jaja。

"好的。"jaja补充说，"我们可以假装不认识，然后去狭窄的楼道里、无人的厕所里偶遇，然后玩王二和陈清扬。"

　　"哈哈哈哈，jaja你真棒。"我说。我认为这个主意不错，充满挑战。"但你能不能别咬我？"

　　我们就真的这样干过两次。体验难以言表。她扮演的陈清扬总是背对着我，弯下腰来。而我扮演的王二总是大汗淋漓，又面露慌张。如果一定要总结点什么，那就是很刺激。

　　我们既怕有人突然打扰我们的角色扮演游戏，又期待有人突然出现，目睹这一切。

　　黑漆漆的楼道里，只要jaja不无病呻吟，那些灯就不会打开的。但楼道里总是混杂着潮湿的烟味。这是唯一不那么清新的部分。

　　"你说楼道里为啥不安装监控呢？"我问jaja，"如果安了监控，那我们就……"

　　"就怎么？"jaja回头，"你这个傻子。楼道平时黑乎乎的，安了监控，你说监控看什么啊？"

　　对啊，jaja真是聪明。楼道里连灯都多半是声控灯，要是没人，就没有光线。监控一片黑暗。

　　我就喜欢和聪明人在一起。仿佛我这样也能沾到一点点聪明。

　　从此我就知道了一个秘密，那就是楼道里，楼梯间里，一般都没有监控。面对天网恢恢的监控，你若要来无影去无踪，走楼梯是最好的选择。

我又突然想起那秋天的时候，天已经微凉，但 jaja 总是穿着裙子。真不知道这是为了什么。

在公司里装作不认识其实有点技术要求。开会之余，聚餐之间，我们有时候还要问对方一些愚蠢的问题，当着其他愚蠢同事的面，以显示我们并不相识。

坦率说，这些经验也很受用，一旦掌握，就会形成类似肌肉记忆的模样，我想将来总能派上用场。

一定会的。

jaja 很聪明，学什么都快。我也没笨到哪里去。

上班的时候我们相约给作者打电话。这是作为编辑最紧要的工作之一。我们会吹捧一个年轻的作者，吹捧他的才华，尤其是吹捧他过去的才华，并表达对未来的合作充满期待。

我对 jaja 说："你就当在对我说情话。"jaja 调皮笑笑，大意是觉得这会很自然，毫无难度。

jaja 拿着电话，看着我，说："你是我见过最有才华的作家。"我微笑点头。电话那头也谦虚而接受。

我以为 jaja 会笑场。但她没有。

"你给我带来了生命中最珍贵的体验。"jaja 说，而对面的我皱皱眉。"啊，对不起，我是说我在你的作品里，我得到了思维的乐趣，我得到了情感的共鸣。"

我努努嘴。

"还有审美的快感。"

我比出大拇指。

作家都经不起吹捧，作家是虚荣心最强的那批人，自我感觉良好的那批人，怎么夸都经受得住。他们渴望所有人在自己的作品里得到共鸣。这一点我再了解不过。要成为一名好的编辑，就要懂得如何有节制有技巧地吹捧作者，如果能让作者卸下所有的自尊和防备，那这位作者就是你的人了。

那个孤独而骄傲的作家需要朋友，需要知己。于是，jaja很快得到了这个作家的书稿合同。

她说："原来做编辑这么容易。"

我说："也不是，只是你有讨好一个作家，这方面的天赋，以及好的老师。"

"而且老师给我每天都做训练呢。"jaja调皮。

"关键还是你勤奋。"我肯定道。

于是我们计划再次进入了王二和陈清扬的角色。

"去厕所还是去楼道？"jaja问。

"你定。"我说。

大概是我定的，至于我定了哪里，那一次我已经不记得了。

回忆里，仿佛我和jaja的恋爱都发生在一天，短短的一天。

当jaja后来沉迷在酒吧喝酒，再也不愿好好地当一个编辑，我就开始厌倦她了。

"能不能别出去喝酒了？"我问。

jaja走得很果断，连一个否定都没有给我。

有一次邱老师问我："你的鸭子呢？"

他是指jaja。

jaja，她的名字很不好听。英文是 jaja，像是鸭叫。中文贾佳，鸭子跑调了。

我就对邱老师说："鸭子跑掉了。"

邱老师学着鸭叫，然后笑了起来。

要不是邱老师是我特别好的朋友，我会跟他翻脸的。

但这也不说明我有多么在乎 jaja。我只是觉得，jaja 来得快，去得也很快。

4

关于 jaja 的回忆持续大约半小时，阿珍回来了。她敲门，我正回头想去开门，她却自己把门打开了。

我忘了她也有我家的钥匙。敲门则只是礼貌性的。挺好。

阿珍看上去没喝多少，至少随着她一起进来的，几乎没有酒气。

而我关掉了 Word 文档。

这被阿珍发现了。

"你是重新开始写作了吗？"她问我，仿佛惊喜一般。

我摇头。但摇得没有那么明显。我只是在写日记。

"好事情啊。也许写点东西就可以少开几天车。你说呢？"

"可能是吧，但我不打算写东西。写卖钱的东西。我写的是日记。"我如实说道。

"能给我看看吗？让我做你的第一个读者？"

我表演了生气。我能怎么解释我打开 Word 文档这件事呢？

"日记。"我说，"日记可不能给你看。"

"噢哟？看起来有秘密。是不是写你的那些乘客了？"

我微微一笑，再次摇头。这次摇头可是够明显的。

"我是什么时候爱上阿珍的呢?"我刚在日记里问了自己这个问题。

或许是出于自己过了夜生活而我在家里独守空房的内疚，她放弃追问我日记的内容之后提议为我煮一碗面。当然她平时也会这么做，并不一定是因为愧疚。

给我端来这碗好面，阿珍突然问，你知道我刚才在酒吧遇见谁了?

"嗯?"我抬头。

"jaja。神奇不神奇?"

"哦?"

"jaja，你最爱的前女友呀。"她用一种很奇怪的口吻说。

"我可没那么说过。"阿珍，我最爱的人，是你啊。但我不想这么告诉你。

"这有什么不能承认的?"阿珍说。

"她怎么了? 我好久好久没见她了。真没联系。"

"我刚才犹豫要不要给你打电话的。想让你来会会你这个精彩的前女友。但最后还是没打。我不知道你会干出什么样的事情。"

"我能干出什么事情? 你怕什么?"

"主要是 jaja 那边情况不好。"

"啥叫不好?"

我并不清楚 jaja 在同学阿珍面前是一个什么样的形象。

或许，jaja 是一种另类的女孩，而阿珍则相对普通一些。

阿珍想了想，说："我看到 jaja 在酒吧跟人互抽了耳光。这样。"阿珍假装要抽自己的脸，但实际并没有，她只是演示 jaja 的举动。

"哦。"这么一听，我反而故作平常。但脑海充满了想象。这符合我的想象。

"她好像喝了不少。好像是争吵。又好像不是争吵，就好像，好像两个人在玩什么游戏。玩得挺疯的。好像又是真的。"

这时候我没搭话。

"你怪我吗？"

"我为什么要怪你？"

"后来我看见他们没事了，我就跑过去和 jaja 互相加了微信。"

我觉得这时候阿珍在看我，看我的反应。我不知道阿珍为何要这么做。就抬头，充满狐疑地看着阿珍。

毕竟是同学，之前微信都没有，显示了她俩是多么道不同不相为谋的人。

我面无表情。

阿珍看着我，仿佛看着一个陌生人。

jaja，阿珍的高中同班同学。我，阿珍的大学同班同学。

纯属意外，是有一次我在阿珍朋友圈的同学聚会照片上认出了 jaja。然后给阿珍留言说："那个女孩，是不是贾佳？"

"是的，好看吗？"阿珍回我。

"没你好看。"我违心而礼貌又狡猾地回复。

关于好看，这世上没有谁比一个穿绿色裙子的高个子女孩更好看了——我曾经这么想。那是少年时候我对"好看"的定义，延续至今。我以为再难改了。

实际上还是改了。

幸亏 jaja 已经拉黑了我。即便是现在，jaja 也看不到我和阿珍这么轻浮的对话。

我幻想有一天我重新联系上了 jaja，她会不会就能看到这些对话。我恨不能立即去把这些留言删了。

但也就是这轻浮的表达，后来成为了我和阿珍感情的发端。

阿珍不是最好看的，但对我来说已经足够了。我们最后都知道，好才是最重要的。看，谁都可以看。

"你知道 jaja 现在在做什么吗？"阿珍最后问我。

"卖酒。在梦辉卖酒。"阿珍自问自答。

其实我不需要阿珍告诉我，我该知道的，我总是能知道。

而阿珍该知道的，好像也总是能知道。

"jaja 穿的衣服，背的包，好像都是名牌。"阿珍最后只是这么说。

"人家卖酒挣钱了吧。"我苦涩地说。

5

阿珍没有名牌包和名牌衣服,但我觉得这很好。一个女孩,干干净净的就很好。

阿珍一头短发,不烫不染,这样就很好。睡觉的时候我也不会压到她的头发。这样就很好。

说起头发,我跟阿珍最重要的一次冲突,一次"东窗事发",就是一次由头发引发的事故,也让我和阿珍之间第一次发生了战争。

战争是冲突的升级,和解决方法。

头发并不是器官,但含有细胞。除了使人增加美感之外,头发还能保护头部。但没有想到的是,头发可能也是导火索。

一般人的头发约有 10 万根左右。但我觉得邱老师的头发大约就只有一万根。

我经常用邱老师的头发开玩笑,没想到,头发最后也开起了我的玩笑。

阿珍捡起的头发大约 50 cm,从长度来看较为普通,看上去纤细,色泽泛黄,微卷。像是年轻靓丽的女子所有。

因为它太长了，还染了色，所以它就是战争的导火索。

阿珍捡起了这根头发问我："怎么回事？"

我说："我怎么知道怎么回事。"慌张的语气无法被掩盖。

她就捏着那根头发，站在我的面前，这让我和她两个人都一时不知所措。

当时我正在用手机和朋友打牌，打牌挺费脑子的，满脑子就想着怎么赢。

"你为什么还有时间打牌，你是不是应该开车在路上？"我多么希望阿珍质问我的是这个问题。

但一样，我也不知道怎么回答这个问题。

"我们都是因为懒，才到了这个地步。"

我知道。确实就是这个答案。只是此时此刻，这样的自白有点没皮没脸地无赖。

起初我丝毫没有意识到阿珍这个问题是个挺严肃的问题——当我意识到的时候，就慌里慌张。气氛渐渐尴尬，或者说紧张起来。

阿珍是下午出门，黄昏回家，离家大约有四个小时的时间。加上昨晚我们一起拖地打扫卫生这样一个情况，综合判断，这根头发就是在四小时内出现的。

阿珍女士一头短发，黑色，所以这根头发并不是她的。而我本人一头板寸，所以这根头发也并不可能是我的。

现在这根头发是从哪儿来的，我也想知道。

阿珍让我好好想想。

我说:"我确实一直在打牌,都没怎么挪动过自己的身子。"打牌的时间过得飞快,这是我热爱打牌的原因之一。"你突然就捏着一根头发回来了。你看,我现在还在打牌。这牌太烂,我放弃了。"

对着阿珍我开始心虚,不知道为啥心虚,当一个女孩开始质问你,怀疑你,你就得表现得心虚。不然呢?

我知道,我对阿珍心虚的原因。

但我又突然想开一个玩笑:"这头发是不是你从外面捡回来,然后用来栽赃陷害我的?"

"小火,我有这么无聊吗?再说我陷害你的动机是什么?"阿珍提出了一个我无法回答的问题,"你再好好想一想你这几个小时除了打牌还干了啥?"

我确实想了一下,说:"你出门后我就打电话叫了一个异性回家,我们洗澡后就上了床。然后把床收拾了一下,把浴室的水都擦干。在你回来前我又把这个异性送走了。"

我可能说得太严肃了,以至于阿珍听完马上跑到了浴室去看地上到底是否有水渍。她转身跑去浴室的样子显得很着急。就像科学家就要有新发现那样着急。

无奈浴室的地板太干燥了,还不是那种刚刚擦完没多久的干燥。我当中可能上过厕所,但没有尿到马桶外。

"别看了,洗完澡,送完她,我擦了很久,还用吹风机吹了一遍,不会有什么痕迹。"我对阿珍说。

阿珍又捏了捏挂在一旁的毛巾。

"毛巾也烘干过。"我镇静极了，解释道。

阿珍又去看喷淋的水龙头，这个我确实没想到，疏忽了，草率了。但幸亏喷淋的龙头依然是干燥的。

"小火，你这样就没意思了，我只是想知道这根头发是怎么回事，你不用这样编一个不靠谱的故事。"

阿珍这一路一直捏着这根头发，就像提着一个人头。她走来走去，一直在寻找答案，确实有科学家的样子。而我提供的答案她似乎也不太满意和信服。

"那你要我怎么说嘛。"我哭笑不得。

"我就奇怪了，你说这头发到底是从哪里来的？"阿珍继续提出问题。科学家的样子。

如果一间房间突然多了这样一根头发，不属于唯一的男方也不属于唯一的女方，只可能属于第三方，双方又没有明显的证据，尤其是男方无法证明这根头发的出现与他无关，请问，这件事该如何了结？

困惑的是女方，无辜的是男方。应该爆发战争吗？怎么开始战争呢？

然而战争是没有赢家的。你看历史上，真正的赢家是军火商，以及第三方。

如果我和阿珍开战，那么赢家就是隔壁的王阿姨，和门口的保安。

但问题依旧在。这根头发带来的质疑就像这个世界上的大多数问题一样，暂时无法解决，只能搁置和互相包容，以及信任。

"只有上帝和神知道这根头发是哪儿来的了。"我说，"你能不能相信我？"

相信我什么呢？相信我们家族都爱赌博。我就是整个下午都在打牌。

我们家都爱赌博。这接近事实。

我希望阿珍基于对我的了解而对我产生信任。我也跟她说过我叔叔打麻将的事，她说过："你们全家都爱打麻将。"

实际上我不爱打麻将，更偏爱斗地主。但阿珍她不懂麻将和地主之间的区别，尽管如此显而易见。

她又提着那根头发思索了好一会儿，最后把头发扔进了垃圾桶，转身往沙发上一躺。似乎她终于接受了现实一般。

"行吧，我宁愿相信你是连喷淋的龙头也擦干烘干了。我宁愿相信你就是找了一个不太年轻的异性回来又送走。我宁愿相信你为了不让我知道这么一出事后做了精细的处理。很遗憾这个不太年轻的女性又是一个容易脱发的女子，落下了这唯一的把柄。"

我笑嘻嘻地说："真的只能这样了。"心里也松了一口气。

阿珍突然又站起身，往卫生间走去。"这牙刷也用过了吧？然后烘干的对吧？"她转身问我。

我想了想，然后继续笑嘻嘻地点了点头。

"那正好扔了。"阿珍随后从包里拿出了两包东西，一边拆开一边说，"从今天开始，咱们用电动牙刷吧。"

"那玩意儿贵吗?"我说。

"白菜价打折呢,你以为我傻吗?"阿珍说。

会过日子的好女人。如果她不会捏着一根不知道哪儿来的头发来问我这根头发是哪儿来的——就完美了。

6

阿珍开始做饭。而我在头发疑案的风波过后开始思考自己的精神健康。

我不该打牌的。我要珍惜命运的安排。

"我有个问题。"阿珍突然一边炒菜一边说。

"嗯?"

"你知道我是在哪里找到那根头发的吗?"

"又来了。那么,是哪里?"

"阳台上。"

"哦。"我冷冷地说。

"洗衣机昨晚洗了你的衣服。"

"好像是吧。"

"只洗了你的衣服。"

恍然大悟,听到这根头发来自我昨晚的衣服,我觉得已经破案了。

"所以那根头发应该是你衣服上的。衣服干了,头发掉了下来。"阿珍说,然后转身含着泪看着我。

回顾这根头发的漂流历史，没错了。

"你昨天晚上回家十点半。"

对，那时候我刚刚从 jaja 那里回来。

"回家后你直接去冲洗了。"

当然，我需要把我身上的汗味和香水味去掉。

"昨天你洗澡洗得特别久。"

必须是这样才能洗干净，不能留下任何 jaja 或 jaja 家里的气味。

但是 jaja 的头发留在了我的衣服上，或者是裤子上，更可能是衣服上，昨晚 jaja 把头埋在我腹部，还有肩膀。

我见过 jaja 的事被阿珍发现，或者迟早被发现。我会扛不住阿珍的无辜眼神和泪水。总之现在我遇上了麻烦。

是这样的，接下去我该怎么办？怎么办取决于我对几种结果的承受能力。不是吗？

我不想分手。我当然不想分手。

阿珍说话时候的语气，不像是责怪，不像是刁难，这让我更加自责和心碎。

是 jaja 叫我去她家，不是我主动去的。我认为这是我之前还能坚持隐瞒真相的理由。

我本以为只是去喝点酒。她说她遇上了麻烦的事情。她找我诉苦或者说商量。我认为我可以去。

可是对阿珍说这些干啥呢？幼稚的糟糕的借口。

我没想到 jaja 又已经喝得烂醉如泥。这确实是我不知道的。

行了，具体的过程谁都没兴趣知道，包括阿珍。

不，我跟jaja并没有发生什么。可别冤枉我。她只是在我怀里哭了会儿。但这根头发让我无法为自己做更多的辩解。

我看着阿珍，现在是另一个女人在哭。阿珍的眼泪已经从双眼流了下来。右边的眼泪流得更多、更快。在我看来则是左边。但这不重要。

阿珍既没有叫嚷，也没有嘶吼。她看起来很平静，又仿佛有一股暗流在涌动。她就站着，把菜放在锅里任凭大火烧焦，冒出了刺鼻的味道。

我已经放下手机站起身，一脸的尴尬，慢慢走向她。

但是她忽然开始警惕，浑身微微颤抖。

看这样子我感觉无法靠近她。我怕她抬起热锅往我脸上砸。那时候我的脸上将种满滚烫的青菜。

我距离阿珍有半米的距离，并且把这个距离维持了三分钟。

"阿珍打破了尴尬，挥起右手在我左脸上给了一个大耳光。我没有躲，我希望她可以打我很多个耳光，如果她需要的话。"

我想象中应该如此。但现实不如我的想象这般激烈。

阿珍突然关掉了火，把青菜留在锅里。

"对不起。"我说，"是我没做好。"

我把阿珍拥在怀里，没有再说什么多余的话。我没有办法去为自己辩护了。

阿珍也没有问是谁，什么时候，在哪儿。关于头发的主人。看来阿珍也不需要我的辩护。

我把她抱得更紧了一些。我希望用这样的拥抱代替我的忏悔，我的道歉。

忽然阿珍的手机不合时宜地响了。她缓缓挣脱了我的拥抱，看起来我抱得不够紧。

她对着手机屏幕只看了一秒钟不到，然后摁掉。

又是0571。0571在她手机上不停地闪动，然后被一巴掌按摁于无形。

但阿珍用力摁掉0571所花费的那一秒钟我也利用到了。然后我又看到阿珍慌张不安的脸。

不是第一次了。

"怎么了？"

仿佛一张纸有了折痕，我希望和阿珍开始小心翼翼地相处。

她躲过了我的眼神。

我预感这是一个事。这背后有点东西。这0571不是骚扰电话。接到骚扰电话的反应不该是这样的。阿珍没有拆穿我，那我也不想拆穿阿珍。

阿珍回到卧室的时候，我仿佛是有了灵感一般。

亲爱的阿珍，你是不是支付宝欠了一些钱？社会新闻给了我灵感。我尽量不做出逼问的姿态，只是希望阿珍对我坦白。

社会新闻是怎么说的呢？

一个年轻人，因为要买一个新的手机或者新的包包，而口袋里没有钱，于是从网上借贷。消费贷，只要上传身份证就可以了。手机验证一下就可以了。支付宝就可以。微信好像也行。总之很方便的。利息低至……我不知道低至多少，年轻人肯定也没概念。反正下个月发工资了就能还上了。但是下个月可能还要付房租。那么，房租下个月再贷款支付吧。

我想起阿珍跟我说的，那天她老板说公司要裁员的时候，她的慌张。我心想，这有什么可慌张的，休息休息，再找一份工作呗。

但如果阿珍已经贷款了，下个月的工资刻不容缓的时候，是不是应该慌张？是的。

阿珍坐在床上，背对着我。她说她想先去洗澡，然后跟我坦白一些事。

她用的是"坦白"这个词。这个词让我的预感已经对了一半。

我说："好，坦白从宽。"

这更像是对自己说的。

阿珍这次洗澡洗得特别久。我感觉她想把自己洗白。把自己洗掉。隔着一块墙，我仿佛看见她用力搓着，发狠一般搓着自己的身体，自己的脑袋。这符合我的想象。在我想象中，阿珍已经是一个欠了一屁股债的年轻人——这是基于我对一切现实最合理的推测。此时此刻，我想阿珍正在洗自己的屁股。她的屁股上欠了很多钱。整个阿珍的屁股上都写满了数字，以至于我已经看不清阿珍的屁股长什么样了。我仔细看，阿珍的屁股上都是0571。

那个0571，一定是一个追债电话。

现在唯一的问题是，她欠了多少钱。我是不是能通过自己的办法，比如说开专车，去帮她？

但我好像也欠了一些钱。我突然想起。

7

洗澡的时候，阿珍是把手机放在桌上的。她肯定不是故意的。她可能觉得把手机带入卫生间会显得不自然。

又一次，来电了。因为它持续地震动起来我才注意到它的存在。

不停闪烁的0571。唉。我能做什么呢？是像阿珍一样把它用力按掉吗？好像也没这个必要。那得用很大的力。可我现在连站起来的力气都没有。

我就看着这个数字不停地出现又消失。最后，它在阿珍的手机上苟延残喘，然后死去。

我知道，未接来电是红色的，等阿珍洗完澡出来，她随后会看到一个红色的未接来电，那一定是她的心头大患。

巧了。我的电话也响了。0571复活了。

我像是被什么东西提醒要打起精神来。看着不停闪烁的0571，我从一开始的惊讶，然后到兴奋。

我想好家伙，我正有事要请教你。是你吧？没错吧？0571？

"您好。"对方比我先有的礼貌。是一个中年人的声音，粗，沉，但能感觉到客气和真诚的——这一点有出乎我的意料。普通话水平应该说也不错，没有地方口音。

"您也好。"

"请问您是石小河吗？"

"是。"这是我的真名。

"石先生您好，您跟孙晓珍什么关系？"

几乎没想，我说："朋友。"

"是男朋友吗？"

"只是朋友。"我沉稳回答。

"呃……"对方一时语塞。我有点得意，也有点心虚。

"那她在您身边吗？"

"不是，您打给我电话，您得先说你的目的和诉求。"我得反击了，"您是哪里？"

"先生，是这样，我们一直希望联系她，但她不接我们电话。"

"你们是谁？"

她接不了电话，她在洗澡。但我可不能这么说。

对方没有回答我的问题："孙晓珍在支付宝有一笔逾期的借款。"

"嗯。"我想到了。

"我们希望和她协商还款事宜。"

"怎么协商？"

"您能不能请她接听电话？"

"我问怎么协商？"

"您能不能请她接听电话？"对方重复。

重复的话语总是让人生气。"能不能告诉我她逾期欠款，一共多少钱？"

对方犹豫了一下，并没有回答我。

"您能不能请她接听电话？"第三次。

"你能不能告诉我她欠了多少钱？"

对方依然没有。

我除了生气还有点着急了，我接你这个电话不就是为了知道她欠多少钱吗？你连这个都不告诉我，还想我帮你什么呢？

"你为什么打电话给我？我又没欠你什么钱。你怎么知道我这个电话的？是她告诉你的吗？"

对方还想说什么，但我已经上头了。

"能不能告诉我她欠多少钱？"

"这个不是很……方便。"对方还是很守规矩。

"好，那你是怎么要来我电话号码的？你什么都不方便，但跟我打电话又是什么意思？"

对方开始支支吾吾。看起来也不是那么老练啊。

"那你以后别给我打电话了。"我正准备挂了电话，扮演一个恼羞成怒的人。

"先生，能不能告诉我您跟孙晓珍什么关系？"

"你妈的。"我克制地骂出了憋了很久的这句话，然后匆匆挂掉。

因为阿珍马上要从浴室出来了。我的女人，我的伴侣——我认为把对方称为伴侣是我对一个女人最大的认可——阿珍她要出来了。我不想影响她接下来的计划。

很好，阿珍果然欠了钱——虽然我不知道阿珍具体欠了多少。但肯定不是几千，甚至不是几万，也许是几十万？

我慌忙把手机放回原处。阿珍很快换好了衣服，看了看手机。我想看她发现有那个令她心烦意乱的未接来电时，她会有什么反应。

她只是叹了口气。仿佛。

我突然一阵心疼。

"你没帮我接电话。"此时此刻，换上了睡衣的阿珍更像是泄了气的皮球。

"没必要吧。"我说。

"是这样，小火，我想了想，我还是告诉你全部。一下子就告诉你。"阿珍坐在床上，而她让我坐到对面的沙发上。

坦白得这么彻底吗？不留一些悬念吗？

"先告诉你数字。"然后她把支付宝借呗、微信微粒贷、招商银行、浦发银行和广发银行的三张信用卡，以及一家小额贷款公司的数字都告诉我了。她很平静地说出这些，应该是洗澡的时候做了核算。我听着，像是阿珍在讲述一个别人的故事。

有一个人，欠了很多钱，这家欠了这些，那家欠了这些。

阿珍到底欠了多少钱呢？这需要一些算术。就是把她从各个口子借的钱相加起来。

我算着算着就莫名其妙很愤怒。

"你是不是个傻子?"我骂道,虽然平时这是阿珍的台词。

"是个傻子。"她喃喃地说。她借的都是机构第三方和银行的钱,不是"等等你有钱了再说",而是必须在规定的时间以规定的数额清还。而且她已经逾期了。各个逾期,无一例外。

真行。

但只有支付宝的逾期,导致对方请了第三方公司给她不停地打电话。

"你知道你这些机构第三方的借贷,一旦逾期,会让你的社会征信产生问题?你以后坐不了飞机买不了房了你知道吗?"

说起买房阿珍还苦笑了一下。

我没有买不了房的烦恼。她仿佛是这个意思。

"接下来的话可能给你带来负担。"阿珍对我说。

我能有啥负担?穷人的负担只关乎金钱。

"我会找我爸妈去要钱。我没有有钱的朋友。也不是,是我已经找他们借不到钱了。"阿珍开始慌乱。她的慌乱让我意识到,除了这些机构的钱,她还欠了朋友的钱。跟我一样。

"你都拿这些钱去干什么了?"我问。

这是个问题。也关乎答案。阿珍深深叹了一口气。这一口气好像是一个故事的开头,也像是一个故事的基调。

原来她大学毕业后做了半年汽车销售,我们大学哲学系,出来做什么的都有,不稀罕。你说学了哲学,做什么才符合自己专业？大概除了哲学老师之外没有更合理的工作了。做销售能认识三教九流，很多人。

然后，她说她认识了一个老乡。对方来买车，他们交谈了几句之后开始熟络。口音是他们的红娘。忽然两个人相见恨晚，很快成为男女朋友。说到这里的时候我情绪控制得还行。

男朋友说要开一个"密室逃脱"的俱乐部。起初我不是很了解，阿珍还特地跟我解释了一下："就是一种社交游戏，有些让你突破困境，有些就只是让你体验困境。"听上去是个有趣的项目，可能会受市场欢迎。

不管怎么说，阿珍非常支持他男朋友这样一个雄心壮志，于是一路辅佐。房租、装修、设计，好几处的钱，阿珍男朋友都让阿珍垫付一下。

阿珍哪来的钱，但她很确信这个俱乐部会深受年轻人喜欢，于是就帮男朋友垫了。

作为老板娘，她觉得这也是她的义务。换句话说，她借了银行的钱，去和男朋友一起创业了。

到这个阶段还是一个励志故事。随后出现了悬疑的桥段。

男朋友不见了。

"打电话，发短信，他都没有回复我。"阿珍说，然后又叹了一口气。这才是故事的结尾。

阿珍真的超级冷静。既没有因为被骗财骗色而激动愤怒，也没有感到委屈。

"然后呢？"我问。

"然后，我没办法，俱乐部是我关的门，还赔了工人的钱。然后回来。俱乐部是开在 K 市的。我记得那天从 K 市坐高铁回 S 市，就一站路，25 分钟，我就哭了二十五分钟。那天晚上我红着眼睛参加了高中的同学聚会。那天半夜我发高中聚会的朋友圈，合影里，你如果仔细看，能看出来。一群人都在问我为啥眼睛肿了。就你，还说我好看。"

"我想起来了，那天我问，'jaja 是不是你的同学？'然后你说'是的'，还问我'她好看吗？'我说，'没你好看'。"

"嗯，差不多。"

"对不起。"我说。我觉得那时候说这个确实过于油滑了。

"所以，情况就是这样。然后我就来你这里了。就像是为了躲避什么，到你这里，听着你的故事，和你一起过着——苦日子，"阿珍说完这三个字觉得不太妥当，故意用了奇怪的语调，"反而对我是一种，怎么说呢，像是偷来的人生，偷来的一段时光。很谢谢你。"

是要跟我结束了吗？我想。

"我回去找我爸妈借点钱。我也要跟我爸妈说这个事了。不然他们也要找我爸妈。不知道他们会用什么方法。我以前就是躲着。现在好像不能躲了。我知道你也没钱，你也欠着钱。但回去找我爸妈借钱，对我才是酷刑。"阿珍突然开始动容。

我看见阿珍的脸，像是被什么东西撑开了。变得很长很长。

"你跟你爸妈的事，我确实没听过。"我说。

"我很怕我爸爸。从记事开始，我爸就酗酒。小时候爸爸在单位受了气，一回家就要发火，所以我在很小就学会看人脸色。我和妈妈在自己家里总感觉是寄人篱下。我们住的是爸爸单位分配的房子，我和妈妈只有在外公外婆家才有在家的感觉。我是女儿，他打我可比打儿子凶。他酒劲上头会想要拿刀砍死我和我妈妈，于是我和我妈妈就躲在大房间里面，拿床头柜抵住门，然后坐在铺着地贴的地上抵住门，但房间门的合页还是被他在外用刀一刀一刀砍得摇摇欲坠。"阿珍说开了，"我不知道他会在门外砍多久。"

"怎么会这样？"我问。

阿珍没理我，继续说道："一般我会睡着，在妈妈的怀里。然后第二天外门面上也是面目全非。我妈很懦弱，她除了哭从来不说什么。但我从高中住宿开始就不愿回家了。十多年都没回去过。我妈给我寄钱。大学毕业后再也没寄过。我跟我妈会偶尔打打电话。有一次我问爸爸好点没。她说爸爸最近几年老了很多，性子也软了很多。但是依然酗酒，变成了酒精窜脾。"

仿佛是察觉出了我的惊讶表情，阿珍问我："你知道什么是酒精窜脾吗？"

我摇了摇头。

"就是喝不喝酒，喝多喝少都是一副醉醺醺的样子，走路一摇一摆，说话大声大气，逻辑混乱。"

确实是第一次听说。

"在那个消失的男朋友前，我还遇见过一个人。哪哪都好。

我很想嫁给他。可是有一次他喝醉了给我打电话，我汗毛竖起来，太像我当年的爸爸了。我就立刻跟他分手了。一点都没犹豫。"

"所以，你现在是要跟我分手了吗？"我问。

阿珍没回答我。

"因为我发现你欠了钱？"

"这不是关键。"

"这怎么不是关键？我也欠着钱呢，你知道。"

"但我必须要解决这些事了。"

"那我跟你一起解决。"我说。不知道哪儿来的信心。

"一起解决？怎么解决呢？等讨债公司的人讨到这里来？他们都已经找到你的电话了，下次找到这里来就不稀奇了。"

阿珍一共欠了五十七万。有将近十万是利息和滞纳金。对目前的我而言，是个我难以负担的数字。

我想象如果讨债公司的人来了，他应该会先敲门。于是我看了看门。

我想，如果那些人来了，我应该开门，还是拒绝？

我也没觉得天会塌下来。没觉得。

8

阿珍跟我说，她计划从爸妈那边借点钱，应急先支付逾期利息。尽管她害怕跟她父母，尤其是父亲开口，但总归这是个办法。

"然后呢?"然后的事情才是关键。我知道。"你爸爸能全部帮你还清吗?"

"我家应该没那么多钱，据我所知道的。但我总得先把到期的钱还了。然后，我要挣钱。我也想去对面上班。"阿珍低下了脑袋，但意思表达的很清楚了。

"对面?"我吃惊地看着她。但我发现她可能是认真的。这认真是经过了深思熟虑那般实打实的。无论如何，都把我吓了一跳。

阿珍，你终于也要去我婶婶那边上班了。可是你知道那是一个什么地方吗?

"我应该也能卖点酒。你说的我比 jaja 好看，是不是?"她笑了。

我知道她故意扮演调皮。我想她是故意的。直到我的脸上产生了愤怒，她才意识到这个调皮并不被接受。

我想表演怒火中烧。但克制了一下。这个尺度，表演非常有难度。

"是的,你比 jaja 好看。"我重复了这句话。深呼了一口气。但我无法告诉你 jaja 在那里卖酒，经历了什么。

因为我不想让你知道，那根头发是 jaja 的。我宁可让你误会那根头发是某个乘客，某个和我发生暧昧的乘客留下的，而不是 jaja 的。

半天之后，还是忍不住对着墙壁连骂了好几句脏话。

"怎么了?"阿珍明知故问。

"你不要这样作践自己行不行?"

我并不认为阿珍有别的更好的选择，只是我必须这样。

"不就是陪个酒吗? jaja 能陪，我就不能陪吗? 你婶婶不在里面做妈咪吗? 你还能不信我? 现在我这么困难，你还不理解了?"虽然都是问句，但阿珍说的语气还算平静。

"你疯了。"我说，"欠点钱，就只能靠这个还债了吗?"

我心里想好了，阿珍要是去那里上一天班……可太奇妙了。可太好了。

我的婶婶，我的前女友，我的现女友，你们就要相聚一堂。

我就能实施我的计划了。

一切就合理了。

但是我特别舍不得阿珍。

阿珍，我跟你说的关于我婶婶的事，你也只知其一不知

232

其二。

　　阿珍在生气。她觉得她很委屈。而我应该感到羞辱。我应该恨我自己。为什么要落魄到这般田地，让我欠了点钱——也不是一点，欠了一些钱的我的女友要去陪酒，去卖酒。去陪那些我完全看不上的臭男人，去陪他们喝酒，还赔笑。去堕落。

　　阿珍坐在床头，突然间她开始收拾东西。

　　我意识到她这是打算跟我分手了。她看到我的表现，我甚至怀疑她期待我的这些表现。而我需要迅速让自己冷静。

　　在我无法同意阿珍出此下策之后，阿珍似乎要破罐破摔。

　　"你好好一个受过高等教育的人，为什么要去这种地方上班呢？我们再想想办法。"我说。

　　"那我能去哪里？去哪里挣钱？"阿珍转身对我大喊道。悲伤的嘶吼。

　　其实我也知道，她投了小半年简历了。她想去的地方，没有一个成的。她变得越来越自卑，我能感受到。只是，她用给我做饭，给我洗衣服，打扫房间这些事掩盖住了自己的自卑。

　　我建议过阿珍："要不你去做饮料，做果茶，就从我们小区开始卖，试试看？"

　　阿珍当时笑着说："你好可爱。"然后再也没有下文。我想不出我可爱在哪里，但我知道阿珍不喜欢这样的工作，或者说不看好自己在这方面的才能和发展。

"不管你去哪里，你都不能去梦辉上班。"我应该这样去哀求她。

"你别管我了。"阿珍好像在哭，听她说话我能感受到那种哭腔。

"我开专车咱们也能好好活下去。"虽然我说完这句话也觉得不那么有信心。

阿珍问我："你为什么就不能好好写作？"

如果我能就好了。我怕我写出所有的秘密。

"如果你好好写作，我就不去梦辉上班。"阿珍突然认真起来。

阿珍，我不能写了。但我也没办法告诉你我对写作真正的恐惧。

一阵沉默，阿珍暂时也停止了收拾行李的计划。我们俩坐在一张床的两头，背对着背。

"你倒挺有自信的，你以为你想去你就能去那里上班似的。"我准备换个方式让阿珍打消这个念头，于是对着墙壁嘲讽道。

"你的jaja说了，只要我想，我就可以。她答应我了。"

"你去找jaja了？"这出乎我的意料。

"找了。"阿珍承认。

他妈的。我心里骂了一句。真是见了鬼。我婶婶在做妈咪，我前女友在当小姐，现在，我前女友要介绍我的女朋友也要去当小姐不成？不，你们可以相聚一堂，但这样让我情何以堪。

jaja 会怎么看我，如果 jaja 知道这一切的话？

这时候，小姐就是小姐，不是小姐姐。

"你不可能去梦辉上班的。你想去，我就把梦辉烧掉。"我说，"说到做到。"

我终于说出了我的计划。

"小火，别干傻事。"阿珍听完，好像被吓了一跳。她眼神惊恐，仿佛无法分辨我这句话是气话还是跟她的一个赌约。

我要做的，可不只是烧掉梦辉。

"阿珍，你知道我要杀了我婶婶吗？"我转身，对阿珍说出了我完整的计划。

阿珍转身，直愣愣地面对着我。

"为什么？"

我不说话。

可是阿珍居然笑了。

仿佛她对我的计划很满意似的。

而我都还对自己的计划充满了疑问。

第七章

1

　　我叔叔被"释放"了。因为法医的鉴定，以及所有证据都无法证明我叔叔就是杀人凶手。

　　刘警官说服了其他同事。他们同意了我叔叔的诉求。

　　他对我转达我叔叔的诉求时，还夸我叔叔很机智。这么一来，把自己嫌疑洗得干干净净的。他说他当然愿意帮这个忙。

　　我叔叔的要求是，无论这个案子怎么破，是不是破，他都要给我婶婶做告别仪式。马上。

　　"什么叫洗得干干净净，就是没有证据啊。我叔叔那天来了这里，确实出现在监控里。但他找的人是我。他的证词，和我的证词一致。时间点，甚至通话记录都一致。你们也不能不讲证据。"我反驳了刘警官的说法。

　　"行了，别得了便宜还卖乖。"刘警官笑道，"好好操办丧事。我也会来。我来送我的朋友阿芳一程。"

　　"但阿芳还死不瞑目呢。"我说，然后看了看刘警官的表情。

　　我们家在 S 市的郊区，按理，按照我们的风俗，办丧事是必须请邻里乡亲大吃大喝两三天的。但我婶婶和我叔叔的关系，本来就很难说是一家人。他们除了没办证离婚，在我们老家，已经是离了婚的两个人。他们的关系仅仅维持在法律上。

加上我婶婶是被谋杀而死的。而我叔叔刚刚洗脱了嫌疑。大操大办是不可能了。

叔叔说要办个告别仪式，哪怕我婶婶暂时还不能火化。但仪式不能再晚了。仪式一旦晚了，肉体哪怕没有腐烂，这个人也会在人们心里过气。

我还能记起来，阿芳被烧焦的尸体是什么样的。像是一块炭，一个人形的碳棒。

但无论如何，碳棒不会出现在那里。

无论如何，让人们记住她——我的婶婶，可能是我叔叔最后的愿望。

看起来我叔叔仿佛"一夜长大"，在派出所里待了两天出来，他依稀多了一些白发。也可能是我以前没好好观察。

我开车接的我叔叔，一路送他回家的时候，除了关于仪式聊了几句，他几乎没怎么说话。我也没怎么展开其他话题。

我叔叔这些年除了打麻将，仿佛也是有些进步的。

比起十多年前操办我妈的丧事，我叔叔对我婶婶的告别仪式仿佛更有信心了。

2

刘警官联系我的频率越来越高。起初我认为这是一种危险，后来我适应了这种危险。

他有事没事就找我。或者是吃饭，或者是喝茶。

当刘警官告诉我说，jaja 也会参加我婶婶的告别仪式的时候，我当然是抗拒的。

"为什么？"我问。

我知道刘警官不可能相信 jaja 就是凶手。而且他也不知道 jaja 和我婶婶之间发生的这些事。

而我知道。

但是，从表面上来看，从官方的证据来看，jaja 是有嫌疑的。只是我的证词没有被她的哥哥所引用。

我说那两罐是汽油，是 jaja 带着那两罐汽油进我婶婶的房间的。

但是刘警官坚持那只是两罐鸡汤。他说他走访了梦辉的工作人员，那两罐鸡汤就是很普通的，我的婶婶在那儿经常送小姐妹喝鸡汤。

我知道那不是鸡汤，但我没法证明那不是鸡汤。

"jaja 真的不是凶手，请你相信我，也相信 jaja。"刘警官用着不知道是通知还是恳求的语调说。

我只是沉默不语。

我知道 jaja 的遭遇，你未必知道。我想 jaja 不会把那件事告诉你。她不敢。她会觉得把这件事说给任何爱她的人听，都是给对方增加烦恼和担心。而且她会觉得丢人，她甚至会觉得这都是她咎由自取。然后满脑子的负能量。

"真正的凶手不会出席你婶婶的告别仪式的，相信我。"刘警官仿佛是为了安抚我的心情。但他说的可能接近于真相。

"那她去干啥呢?"

"送一送同事，很正常。不送才不合理。你说呢?"同事，刘警官说这两个字的时候也有点犹豫。是的，这个哥哥还在用自己的方式帮助自己的妹妹。

"明白了，是做做戏给别人看?"

"你要这么说，就过了。"

刘警官的下午茶今天安排得有点早，他批评了我之后，自顾自喝着茶水。然后看了看时间，说喝完茶正好去殡仪馆。

"知道哪个厅吗?"

"去就知道了。"我说。

我叔叔借用的是殡仪馆的永安厅。尽管我婶婶的遗体还在某个地方听候最后发落，但叔叔决定在那个厅让我们率先给婶婶送行。

刘警官问我心情如何。

"能如何呢。"我端起茶,"平静。"事情已经这样了,平静。

"我记得《毒药神童》的小说里,你写到了你喜欢抓甲虫。最后还用它们做你的实验品。"刘警官忽然说。

"不是我的实验品。不是我的。"我马上更正说,"是小说主人公的实验品。"

"'我',对吧?"

"对,第一人称写的小说,'我'不是我,'我'不是作者。'我'只是一个角色。"我说。

"你知道一种叫叩甲的昆虫吗?"

我摇了摇头。

刘警官说他看过一本科普书,有一种甲虫,叩甲。每当它落入危险,比如当它面对天敌的时候仰面朝天,缺少保护,这时候它可以发动自己的背部力量,把自己弹向高空,从而绝处逢生。

"听着像是有什么寓意。"我说。

刘警官笑了笑:"我就是想问问你,你为啥写那个故事。挺吓人的。你的小说里写,你从小就喜欢烧动物。从小就研制各种毒品、毒药。"

"怎么,今天的主题是聊小说吗?"我微笑着问刘警官。

"哎,是我最近重看了你的小说。突然想起来的,就问问。"

还是别看了,我想说。没什么好看的。何况,那都是我人生的秘密。我写《毒药神童》,是因为阿芳,更因为我妈是被毒死的。我写一个小孩每天通过各种动物植物和化学品，研制独门的毒药，他先毒死了自己的父母，最后毒死了自己，等等。虽然我有被现实生活的情节启发，但这依然是小说。至于《我年轻时候的女朋友》，那就是因为我没办法和阿芳在一起，于是杜撰了一段美好的恋爱时光，以弥补我和阿芳的那些遗憾。

但这些依然还都是我的秘密。有一天，它们会成为我的工具。

过了一会儿，刘警官喝了几口茶。趁着这个机会我也抓紧时间喝了几口。我仔细看着他的嘴唇。此时此刻我已经抗拒去对视他的眼神。我看见他的嘴唇抿了抿，仿佛又想对我做出一些提问。一张一合之间，我仿佛听到他问我爱看什么侦探小说。

我说我不怎么看侦探小说。

"看过《罗杰疑案》吗?"

"没有。讲什么的?"

"没有就算了。"

为什么就算了? 你到底想说啥? 这话说到一半让人困扰。我低头打开手机搜索《罗杰疑案》。

原来是个侦探小说。话里可能有深意，我得回去看看这个小说。还说自己不怎么看小说，我看这个刘警官，刘哥是个小说迷。

"我和你婶婶，经过那次事，"刘警官顿了顿，"就是那次，我喝多的那次。之后我们就是那种很好的朋友。请你相信,我已经把她当朋友。她帮过我。我就要帮回她。"刘警官说。

可是我不希望刘警官帮她。真正地帮她找到真凶。

此时此刻,我多么希望我的婶婶是自杀的,警察们也发现了我婶婶是自杀的。我多么希望她真的是自杀,她用毒,毒死了自己。赎了罪。她为了永远和我在一起……但这不是现实,我知道我婶婶已经不是十几年前的那个她了。不管怎么说,我的希望是,我婶婶当时在回忆我们年少的时候,回忆我们一起玩火,她想念我,所以自杀后还放了火,用火烧死了自己。

她会以此证明,当年那个陪着我在家后面一起烧火的她,没有改变,那个笑着骂着我童子鸡的她,已经回来了。

我们在一起烧野火,看着青色的、黑色的烟从沟渠里往上冒。我们彼此傻呵呵一笑。

那是我和我婶婶最美好的一段回忆。

而且,这些回忆是有用的。

虽然一切都回不来了。但有用的回忆,就会被用到该用的地方。

我的思绪被带走了。

我借着要回家拿东西,先走一步。

"反正待会儿直接殡仪馆见就是了。"刘警官同意了我的提议。不同意也不行。

"你是不想坐我的警车了吧?"

"不想了。"我笑笑说,"少坐为妙。"

回到家之后我赶紧上网仔细查看,我着急要把《罗杰疑案》看一下。刘警官不会无缘无故提这个小说,加上他之前,我也不知道是玩笑还是试探,提到我小说的事,我感觉他正在发挥自己的破案才华,发明了一种用小说来破案的方法。

这很扯淡是肯定的。

《罗杰疑案》,不看不知道,一看吓我一大跳。

罗杰被"我"和管家帕克发现死在书房中。

因为"我"了解罗杰,以及"我"的不在现场的证明,"我"成了侦探波洛的助手。

嫌疑人被逐一排除,最后结局是……

是刘警官在暗示我什么吗?这又有什么值得暗示的。

我皱紧眉头回忆着刘警官跟我说出这本书时候的语态。

一个侦探小说,凶手居然用第一人称写,真是见了鬼。

我不会这样做的。

3

到了殡仪馆。我看见我叔叔已经在和工作人员排一些流程。他也是没经验的人。仅有的经验，都过去十多年了。

我看着他来回地走路，仿佛他和他的义肢已经天人合一，非常默契。在我眼里，我叔叔像变回了一个正常人一样，此时此刻，他履行着一个正常人的义务。

我妹妹也来了。我很久没看见她了，她是一个清秀瘦弱的孩子。比我还不幸的是，她比我更早失去了母亲。

总体而言，她长得更像我婶婶一些。瘦弱，但是腿很细长。她应该也快十岁了。

排演开始了。叔叔试着朗读他写好的关于我婶婶的一生。作为告别仪式最重要的组成部分，这个稿子，我想我叔叔是用心对待过的。

我听见一些肉麻而虚伪的句子。也听到一些让我动情的形容。

我叔叔最后说感谢我的婶婶。

我叔叔矮小的身子，配着又尖又细的嗓门，这毫无疑问，也是证据。是什么证据呢？是我当初希望帮他辩解的，他是一个同性恋，他没有动机去恨我的婶婶，也没有动机去杀我婶婶的佐证。

今天，他难得穿着正装，一副哀容，显出一份绅士一般的体面……一种令人无法反驳的得体，但又很可笑。

而我也不能笑。

我叔叔三十多岁的时候找到了我二十多岁的婶婶，然后他们结婚。在我叔叔没结婚之前，我们只是觉得叔叔拥有知识分子的清高。他看不上我们村的人，但是又被城里的人淘汰。这么说可能过于严酷，但接近事实真相。

回到了村里生活，那几年一直有人给我叔叔介绍对象，但由于种种原因一直没成。没成的原因并没有那么多种。

只是因为，他在等她。

现在，他在送她。

这就是爱情的模样。我感慨。

这是真实的一切，我知道。

参加"葬礼"总是让人思绪万千，思考人生。

我转念一想，婶婶走了，对我叔叔可能影响深远。他现在要面对一个更严苛的环境，比如，我妹妹需要他独立照顾，供养成人。

他应该没有更多理由让自己天天打麻将了。

也就是说，我婶婶这么一走，反而帮了我叔叔，走出那个泥潭。我叔叔那句对我婶婶的感谢，可能也是真的。发自内心的。

欠下的债怎么办呢？我想我叔叔会想到办法的。

之前他没有办法的样子我看到过。

我叔叔那天从梦辉出来找我，是凌晨两点。他先给我打了个电话，问我在不在家。我说在家。我还能在哪儿？

"叔叔你在哪儿？"

"我在梦辉。刚出来。"

一听到这个名字，我就想起阿珍最后离开我前，那种令人恶心反胃的感受，以及难以抉择。

"我是真的没办法了。"叔叔带着哀求的声音对我说。我知道他指的是什么。

但我很好奇我叔叔这个时候在梦辉干什么。是找我姊姊要钱还债吗？这能成功吗？

叔叔说要到我家坐坐。我收拾了一下房间，主要是为了把那两灌汽油收了起来。我叔叔的这个电话完全是我计划之外的多余的事。

叔叔在我家坐了好一会儿，平常不抽烟的他抽了很多根烟。最后他还是开口了。

就是找我借钱。一个中年人要崩溃到什么地步才会向自己的晚辈借钱？

这让我深深吸了一口气。也让我又一次意识到，钱真是好东西，此时此刻，我就能用钱来帮助我的叔叔。但我没有，就帮不了我的叔叔。

叔叔说，再不还钱，他们就要来家里搬东西了。

"叔，我真的也很困难。"我把这话说得没有实际上那么困难，但无能为力的意思已经很明确了。为了详细说明我的困难，我对叔叔如实交代。"昨天我都去找婶婶了。"我说，"我找她帮我朋友。我朋友在做高端医美，我还希望婶婶帮我介绍点生意，我可以从中抽点介绍费。但我感觉很难。我现在真的也没什么钱。我把我之前的一点积蓄全花在了书店，然后赔了一个底朝天。当然，那本来就没多少。书店倒闭后，我就彻底过一天算一天了。我还欠了朋友的钱，邱老师的钱，虽然他说不着急，但我总是要还的。"

我把这些都一五一十告诉了我的叔叔。

"你住院那一次，我垫付的医药费，也是从我的支付宝借来的。"我对我叔叔说。

而我叔叔说的那个数字，跟阿珍的数字很接近了。

我叔叔在我屋里没有待更久。

"婶婶没有借钱给你吗？"我问。

"她把我骂了一遍。"我叔叔沮丧着说，"她在那个男人面前骂了我。你知道你婶婶现在有了个男人。"

我知道。我怎么能不知道？

"她还说让我死了算了。我想想也是。"

一定是外面夜太黑的缘故，我叔叔好像对生活已经绝望。

"我想跟你说对不起。"

你哪里对不起我了？我的叔叔。你没有对不住任何人。

后来，我就让我叔叔先走一步。看着我叔叔离去，我下定了决心。

对不起我的人，我会找她的。我又把两罐汽油从床底抽了出来。

我要烧死她。

当时我想烧的这个人，现在应该躺在这里。

待会儿的告别仪式有一种别样的滑稽。

我们这些所谓的家人，一些远亲，会围绕着一个空的棺材，绕上三圈，洒下眼泪。

4

看到刘警官了。身后还跟着jaja。

刘警官居然也去换了一身衣服，一身黑西装。jaja也是，一身黑色的正装。看起来jaja瘦了很多。

比我见她的时候瘦，比监控视频里瘦，比我回忆里瘦。

我不知道jaja是不是出于真心而来送别我的婶婶。或者像是我猜测的，她为了给人演一出戏，来送一送她的同事。

来送一个她恨得咬牙切齿的人。

我有一些问题要问jaja，既然她已经来了，那我想是时候问问了，如果今天算是老天安排的一个机会的话。

乡里乡亲来的人可不少。比我和我叔叔预判得都多。有些人我叔叔根本没通知，我知道我叔叔的名单，虽然很多人我已经不认识，但记忆还残存着，他们变老了，皱纹变多了，但衣服好像一直没有换新的，一眼就能认出哪个是张阿姨，哪个是李伯伯。

张阿姨和李伯伯，都不在我叔叔的名单里。但他们都来了。

他们开始很唏嘘，后来见到棺材里没有我婶婶之后又交头接耳开始议论。他们不知道我婶婶的肉体还被需要，不能立即火化。

他们更不懂我叔叔的一番深情。说真的连我都是一知半解，对于我叔叔，我了解得也很有限。

躁动的人群居然也能完成这样一种特殊的告别仪式。看起来没什么是不可能的了。

刘警官是真心的，我想。他告诉我的那件事，我认为能成为足够的理由让他出现在这里。如果我婶婶确实帮他摆平了那件事，我婶婶是他的恩人也说得过去。

但jaja绝对不可能是真心的。

但我再次看到刘警官的时候，原本跟在他身边的jaja已经不知去向。

"jaja呢？"我问。

"她可能出去抽烟了。"刘警官指了指远处。

我对刘警官说："我去找jaja。谈点事。"

"你小子。"刘警官马上警觉起来，"你别惹事。不然你别怪我不客气。"

"什么意思？"

"她和你婶婶的事，那是她俩的事。你最好不要掺和。"

"怎么？你也知道了她俩的事？刘警官。"我疑惑。

刘警官为我答疑："反正她没有杀你婶婶。"

你确定吗？刘警官。老刘。

我不知道他是否确定，但我确定。我只是这么一问。

但我不是找 jaja 的茬。"你放心，我也是帮 jaja。"我对刘警官发誓一般，"和你一样，我不希望伤害 jaja。"

jaja 就在离告别厅不远的松树下抽烟。她坐在一排小凳上，看得出来，那边上还可以坐个人。

很久不见了，jaja。有没有一个月？我不知道该用什么表情去迎接她。虽然实际上是她坐在那里迎我过来。

jaja 对我尴尬地笑。

jaja 看样子不怎么想安慰我。她对死亡的看法跟一般人应该不同。我们聊过这个话题，在我们恋爱的时候。

jaja 刚刚掐灭一根烟，见我来了，又点起一根。jaja 的打火机喷出的火光跟别的打火机不一样。我特意观察了一下。

"我顺来的，他们用来点雪茄的。"jaja 见我在研究她的打火机。

"上次找你，是我喝多了。对不起，打扰了你。"她说。然后也给我点火。

"没事。人人都有烦恼的事，也有烦恼的时候想找的人。你烦恼的时候能找我，我就得去。"

"听说阿珍跟你吵架了？"

"嗯。算是吧。"我不置可否。

"是不是她知道我找你了？"

我努了努嘴，大概是承认的意思。但事实并非如此。

"然后她就跟你分手了？"

我不知道该怎么回答 jaja。我想我跟阿珍还没有分手。她只是现在不方便见我。她只是离家出走。

"说说我的婶婶吧。你恨她吗?"

"我?人死了,我不恨她了。我也不猜了。对了,我哥说不要跟你聊你婶婶。"

"我在监控里看到你拿了两罐东西最后进了我婶婶房间。"

"这个事我跟我哥说了,一五一十全说了,怎么了?你是真的在怀疑我杀了你婶婶吗?"她用一种无法理解的眼神看着我,然后把烟掐了,准备起身走。

我刚想伸手去拉住她,但又觉得冒昧唐突,于是就只是喊了一声"喂"。

"喂,你之前知道你的妈咪就是我的婶婶吗?"

jaja已经站了起来。她俯视着我,说:"我又不想靠这点关系。你婶婶都不知道我跟你的关系。在她面前我从来没提过你的名字。我跟你说那件事的时候也不知道她就是你的所谓姐姐,你的婶婶。我是直到她死了,才知道是我们仨居然有这样一个关系。"

"对不起,对不起。"我赶紧道歉。

"对不起什么?"jaja没想走,看起来还想跟我继续聊。

"对不起,jaja,我只是想问问,你为什么要鼓励阿珍,跟你一样去卖酒?她跟你不一样。哪怕是你,不也吃了苦头?"

"哦,这个啊。我跟阿珍开玩笑的,她根本不适合做这一行。"jaja又点了一根烟,看着我,"阿珍欠了不少钱吧?我也是想帮她。她问我,我就那样说。我可能不该那么说。之前我真不知道你们在一起了。没人告诉我这个事。"jaja说。

也没人想告诉你吧。

"小火，你到底知道不知道谁弄的你婶婶？"

我摇了摇头。表现得很真诚。

"不管怎么样，你也该放下了。你妈妈的事。"

"嗯。"我点头。依然很真诚。

"你是不是除了怀疑我，还怀疑阿珍？"

我的天，我没有怀疑阿珍。我没有。但是jaja你为什么会有此一问？

远处刘警官朝着我们这里挥手。

jaja再一次把烟掐了，说："我要走了。"

走之前jaja回头又看了我一眼。那眼神，充满了疑问。

然后她又回过身，对我说："阿珍是个好女孩，比我好，真的。"

我努了努嘴。

我知道的。

我心里对jaja说，如果有一天我也能为你做点什么，我也可以。我不知道我这样算是有情有义，还是滥情，还是自作多情。

5

我后来知道，是刘警官去梦辉的前几天，jaja出的事。

阿珍出去见她老乡的酒吧，就是梦辉。

阿珍在梦辉看到jaja和人互抽耳光，对方就是我的婶婶。

而我的婶婶，就是阿珍老乡的妈咪。阿珍的老乡叫我婶婶"妈咪"。

尽管我已经知道了一切，但知道得有点晚了。

我无能为力。

阿珍听到的关于我婶婶的故事，那个被恶意夸大的版本，让阿珍下定了决心。

那天阿珍听说，梦辉的妈咪，能帮你搞定所有你想要的小姐姐。她的老乡，喝多了，吹起了牛。

阿珍老乡吹牛时，jaja已经经历了和我婶婶的搏斗……

6

"有空出来陪我喝一杯?"她的短信简洁明了。而我刚好有空——难得阿珍不在,给我留了空隙。一切仿佛都是已经安排好的。

"下来吧。"她说。收到消息我就知道她在楼下了。

我一下来,就看见了jaja。

我问:"你怎么在这?"

"我猜你可能还住这里。"她说,"下班。"她指了指对面那幢楼。她说有一天下班的时候她就看见我了。

"梦辉?"

jaja点头。

我惊呆的表情,让jaja反而一脸不屑。

"别多想了,反正分手了,没资格吧?"我看了看她,有泪痕。想问怎么回事,但一想,又没资格。

jaja让我陪她走回家,说是就两条马路。看来就是租在附近方便上下班了。

这条马路居然还挺长的,尤其当我们互相不说话地走着。

后来我决定突破资格，还是问一问。"你脸怎么了？"路灯挺亮堂，让我看见 jaja 不光有泪痕，她的侧脸还红肿着。

jaja 没说话，她迅速跟我换了一边，依然跟我并排走着。这样我就看不见脸红肿的一边。她的心思我懂得很。并且她用这种方式暂时拒绝了回答我的问题。

我们终于到了。jaja 住的是个酒店公寓。刷了门禁卡，上楼，楼道亮堂，但一路无人。

她去为我泡了壶茶水，然后坐到我面前。

"我就是想找个人说说话，希望你不要多想，也不要介意。"

我笑了笑："没多想，不介意。"

有一年多没见了，jaja 好像没那么酷了。一个眼神，一个表情，都告诉我，眼前这个女孩跟我那个前女友 jaja，有一点儿不一样。

"先别问我怎么回事，让我慢慢说。"她可能猜到我要问什么了。"知道那时候我为什么要离开你吗？"

jaja 这么一问，把我问住了。我说："不就是一次吵架吗？不就是你说要出去喝酒而我不同意吗？我只记得我们是为这个吵的，其他的真忘了。"

"为了一部电影。你很喜欢，我不喜欢。然后你说我没文化……诸如此类。我当时生气，想出去喝酒。也可能是因为想出去喝酒，所以就借题发挥。"

"哈哈，真的吗？然后就吵起来了？"我竟觉得幽默。

"或者是一本书，或者是一个作家。"

"看来你也不记得了。"我笑着说。

"但是最重要的原因是，你不爱我。"jaja 一字一句地说。"我不想要一个不爱我的人，做男朋友。我发现了你不爱我，我就做好了分手的打算。"还没等我辩解，她就补充："不过我还是把你当朋友。你看，我还找你聊天。大半夜的。"

的确，大半夜的。

jaja 说的可能是对的。但我并不知道我哪里表现出了"我不爱她"。

我们在一起的时间有两三个月。我们有过很多亲密的时光，但 jaja 是如何知道这个秘密的呢？

"每次我吻你，我都觉得你的舌头是冷冰冰的。我想，怎么那么奇怪？所以一直努力想把你的舌头变温热。"

"所以你就拼命吸我舌头，咬我舌头？"我想问的是这个。

"后来我看一本书，书上说，如果你接吻，发现对方的舌头都是冷冰冰的，僵硬的，那对方就是不爱你。"

"这你都信？什么书？哪个王八蛋作者写的来着？"

"写得真牛逼。"jaja 说。

"牛逼个屁啊。"我大叫。

"后来我偷偷报了个女团。你别笑。"

"所以后来你去当艺人了？"

"算是吧。手机有一阵就给收了起来。没法联系外面。当时签了合同的。经纪人管理很严格。"

"经纪人？"

"嗯，也是在酒吧认识的，他说他是星探。然后带我去他们公司。确实很多女孩子在那里练唱歌跳舞。我也就相信了。但是过了一阵，公司说要安排我们社会实践……就来了梦辉。我觉得肯定被骗了，但好像只能这样了，反正出台不出台，是不是跟客人走，我们可以决定。我还没出过。"

"是不是为此有点自豪？"

"真的，你能不能别笑话我？你再这样我就不说了。"

"谈不上笑话你。"我说，"你怎么不报警？你哥不就是个警察吗？"

"我就是觉得，这样也挺好……喝喝酒，挣点钱。挺简单的。我一开始觉得挺简单的。你真的别笑话我。虽然公司说这是社会实践，骗我们来陪酒，但我当时觉得这真的是我个人的社会实践。我挺想知道这里的生活是怎样的。我想……"

"那你了解了这些，能不能别干了？"

"好像还不行。"jaja说，"公司那里，我押了不少钱。"

"那就永远不行了。"我说，"这不就是用这些钱吊着你们继续干这一行吗？"

jaja被我的问题问住了，仿佛认识到自己确实陷入了一个圈套之中，而自己单纯得像一头小鹿。随后，我看到她忽然眼圈越来越红。

"但我还是被欺负了。"jaja终于哭了。把头往我怀里一拱。确实就像一头小鹿，拱进了我的心。

我觉得这一切很荒诞。

那个自由且酷的女孩 jaja，最后成了梦辉的小姐姐。这是不是很荒诞？

在我手头还宽裕的时候，我曾梦想去梦辉，去认识一些小姐姐，结果，我的前女友比我捷足先登。

这样一来，我就已经认识了梦辉的小姐姐，而且还曾是密不可分、坦诚相见的那种认识。

我努力回忆着和 jaja 在一起的日子。我记得她当时没有烫头发。

也不会穿这样的小礼服。

看了看阿童木，再看看哪吒，就他俩还是老样子，证明此时此刻哭在我怀里的这个人，是我的前女友。

jaja 和我婶婶真正的梁子也是在那晚结下来的。刘警官和 jaja 一闹，婶婶就把 jaja 拉走了，对着 jaja 就是一个大嘴巴，说："你怎么能这么对客人？"

jaja 当然就还手了。她说那真是她哥。

也挨了一嘴巴的我的婶婶就将信将疑："真是你哥你也不能打。现在你还敢打我？我看你明天是不用来上班了。"她气呼呼地拽住 jaja 的头发对 jaja 说。

我想，jaja 的头发就是那时候被揪掉了几根。她的头发和头皮被弄松了，然后 jaja 往我怀里一钻，她的头发就自然落到了我的身上。

然后我带着 jaja 的头发回了家。

那根头发经过巧妙的安排，被阿珍看见了。

事情应该就是这样。

jaja 说的被欺负，远远不是跟我婶婶互殴这件事。她的脸，经过和我的训练，我想可以抵抗十级"大嘴巴子"。真正让jaja 觉得被欺负的是，之前一次在陪酒的过程中，她被一个客人在房间里侵犯了。而她称自己没有多喝，却发现自己居然没有余力抵抗。

"好在还有姐妹，帮我拦住了。她们撞开了卫生间的门。"

清醒之后，jaja 坚定地认为那是一次迷奸未遂，是有人在配合那个客人。她怀疑是那个房间的妈咪。但该妈咪矢口否认。jaja 也不清楚妈咪是什么底细，有没有后台，所以没有闹很大，就只是当面质问。

"那个妈咪说，我做过的事我从来都是认的。没做过就是没做过。你不要冤枉我。"jaja 说。

可怜的 jaja。可又是谁让你去梦辉那种鱼龙混杂的地方"上班"的呢？你以为人生真的像是一部电影吗？

jaja 说："这件事难受就难受在，就是找不到人负责、责怪，就会生自己的气。怪自己傻。"

"为什么不报警呢？找你哥啊。"我又说。

"这事怎么报警？再说了，那时我也不想让我哥知道我在梦辉。啊，还真是好笑。他刚刚还是知道了。我跟你说，我刚刚跟我哥干了一架。"

"你可真行。"我说，"你怎么跟你哥干起来了？"

jaja 没有细说。

"以后小心点吧。"我说。

"要怎么小心呢？不喝酒吗？不工作吗？"

"酒瓶子里不一定是酒。"我说。

"我知道。就像鸡汤罐头里未必是鸡汤一样。"jaja 真是聪明。

你一定也喝过那鸡汤了。我想。

"就在刚才，就是我跟我哥干了一架之后，乘着火气，我和那个妈咪顺便也干了一架。"jaja 高兴地说，"现在，我也不知道我明天还能不能上班。"

听几句描述，我当时就已经猜到 jaja 说的妈咪，大概率就是我的婶婶了。但我犹豫了片刻，酝酿了片刻，没有马上说出这个"缘分"。

"虽然很解气，"jaja 说，"但我还是在生自己的气。"

"jaja，那我也告诉你一件让我终身自责的事情吧。也不完全是自责。就是跟你差不多，怪来怪去，最后还是怪自己更多一点。"

jaja 抬头，仿佛得到了真正的安抚一般。

当我把我婶婶毒死了我妈的事情告诉 jaja 的时候，她也抱了抱我。

我说："这几年我想明白了一些事。错分很多种，有意、无意、故意、恶意。错里还包含罪。更多的错只是人情是非。有些错不是道歉能解决的。有些人也不懂什么是宽容和原谅。但是犯错者，他必须永远与这个错生活在一起，直到死亡。"

"你内疚了?"

"不是，我想的是那个人，她这些年过得好不好？是不是也经常想起这么件事？不会已经忘了这个事吧？你知道我说的那个人是谁吗？"

"难道是芳姐吗？"

"真的是阿芳，你的芳姐。阿芳就是我婶婶，你不是说不知道芳姐的后台吗？现在你知道了吧？你以后跟她好好相处行不行？"

那天，jaja 没有接住我的玩笑。

7

我婶婶的告别式结束那天，我像是如释重负一般，回到家就瘫倒在床，睡着了。

但我知道这不叫如释重负。重负，这才刚刚开始。

我又做了个梦，梦见阿芳，梦见她自杀了。对，她在我的梦里还没有死，却选择了死。梦里的场景是《古今大战秦俑情》，结尾处，大火，阿芳要奔向大火。她回头，我就拉住了她。我在梦里抱了抱阿芳，说你怎么这么傻，那么多年都过去了。

"可是我过不了这一关。"阿芳说，并试图挣脱开我。

在梦里我哭了。我说："对不起。"

这时候阿芳还没冲到火海之中，一边口吐白沫，一边还对着我笑了。她含着白沫说："小火，你要是真原谅我就好了。那我就没白死。"

我就更哇哇大哭起来。然后松了手。

在梦里我是不想松手的，只是梦里的我，感觉很无力。无法阻止这一场悲剧。

真他妈是一个自我安慰的梦啊。

醒过来都是泪痕，还湿了枕巾。

其实枕巾没有湿。这是我想象的。我常常想象一些情绪。经常这样干。从无到有，想多了，并且把想象中的事写下来，或者告诉身边的人，然后想象就会成为现实一般，刻在我的脑海中。

我很羞耻于和阿芳的那一晚，因此我总是想象出她做错了什么。这样，我就有足够的理由去杀了她。这样，才会出现一条可以用来逃避羞耻的出路。

我可以死，但我不能羞耻地活着。要给自己想办法。我常常这么想。

于是我给阿珍发了一条信息："我刚刚梦见我婶婶了。"

这一回阿珍依然没有很快回复我。我想她也未必想回复我。之前好几天，我都问她在哪里。她都没有回复我。

等我从卫生间回来，才看到屏幕上有消息提醒。

是阿珍。太好了，她终于能让我知道她现在还活着。

"难过吗？"阿珍问我。

"当然难过。但难过也没用。我希望能把这个事好好埋了。我想这个事要比当年我妈妈的死，埋起来难得多。我想了很久，编了很久，但我一定会好好编的。"我对阿珍承诺。

为什么当年没有警察去追究我妈妈的死呢？还是我忘了那些事？

我回复阿珍："能不能见一见，这几天？"

"我不在 S 市。"她回。

我知道你不在 S 市。

"准备玩多久?"我问她。其实我想说的是,好好玩,等我消息。

"是债,都躲不过。"阿珍又回复我。阿珍突然之间变得简洁了。

"也许可以的,不管怎么样,开心点。"

"没几天我可能就去自首了。"阿珍回复我。

"千万别。"我说。

"你好好的,小火。我不想带着这个事,活一辈子。你也不要。"

"再给我几天时间,我马上就要处理完所有的事了。"我对阿珍说。

阿珍回复:"你就别卷进来了。我会尽快。"

我只觉得阿珍像个英雄,英雄仿佛做了所有的决定,不再回头。

她帮我烧了梦辉。她亲手烧了梦辉。

烧掉梦辉的那一晚,她对我说:"要不我进去。你烧梦辉,不如我烧梦辉。如果你真的很讨厌梦辉的话。"

"就为了躲债?《警察与赞美诗》?"

"你跟我想的一样。又不太一样。你杀你的婶婶,不如我杀你的婶婶。"

"那天你去见周正,是不是就是在梦辉见的?"我突然灵

267

光乍泄，问道。

"是的。大鹏就是那个男人，想不到吧。他看上了你的 jaja。"

"想不到，他妈的。"我骂了一句，"所以你也是在梦辉见到的 jaja，是吧？"

阿珍点头。

"周正现在是在梦辉工作对吗？"

阿珍又点头。

"周正，就是那个骗你开密室逃脱俱乐部的人，对吧？"

阿珍终于承认了。

情侣之间，有些秘密是必须存在的。可是一旦你们过了某个重要的阶段，彼此之间也不必再保守秘密。或者说，你们可以共享一些秘密。

我也把我的秘密告诉了阿珍。所有的秘密。包括我婶婶杀了我妈妈的秘密，自然也包括与此相关的那些事。最后，我也和我的阿珍共享了我想杀掉我婶婶的秘密。

我一直以为是阿珍烧了梦辉。直到我看了监控才发现，也许是 jaja 烧了梦辉。

在我看来，当时她们都有足够的理由烧了梦辉，烧死阿芳。

但我当时确实无法判断究竟是谁，她们中的谁，哪个更爱火，哪个心里更有火，怒火。

"为什么监控里没有你？"

"因为我拜托了那个小哥哥。"阿珍说，"小火，做这件事，我比你做的功课更多。"

8

阿珍在我怀里哭过。就两次。

第一次，她说："对不起，我真的不想把这些不堪，展现在你面前。真的对不起。"她因为欠了钱，又不想在我面前丢脸，选择了隐瞒。当然，最后失败了。

隐瞒从来不是长久之计，如果你要跟一个人长长久久地在一起。

"没什么对不起的。"我说，"虽然我不知道怎么帮你。我现在没有能力去帮你。但总会有办法的。"

我已经在心中暗暗发誓，无论干什么，我都要帮助阿珍渡过这个难关。

看着这个沮丧着的、哭泣着的我的女人在我怀里，我心很沉。但更加坚定。

"我可以开那个新出来的专车。月入三万不是梦。"后半句是一个新的专车软件的广告词。

"小火，你也不能开一辈子专车。"泪人儿突然又关心起我来。

"我知道。"

"好好写作行吗？"

不行。我不能写作。但我怎么说你才能理解我呢？

"我们俩要不一起进去得了。你进去躲债，我进去陪你。或许，"我说，"我可以去里面写作。"当然，我说的是假话。

"那我不要你陪我。"阿珍说。

"不，我好像也有债。我也要躲债呢。"我笑着说。

"你别开玩笑，"阿珍说，"你那个债跟我不一样。"

"我没有开玩笑，这是我的一个计划。我进去不是为了躲债，我进去，是因为我要杀人。我杀了人，我就得进去。"

阿珍突然身体直起来。她身体直起来，就意味着她离开了我的怀抱。

她看了看我。我也看了看她。

"我想帮你。"她说，她的双眼里还是湿润的，但我能看出她很认真。

究竟是怎么了？我们俩究竟是怎么了？为什么连这种很危险的念头我们俩都能达成一致？

第二次，她说："你叔叔走了？"

"嗯。"我说，"你别跟着我。你待会儿报不报警，随你。如果不报警，就当不知道这个事，明天你就离开这里。报警，就直接报警。好吗？"我尽可能表现得偏执和愤怒、冲动。

我看着阿珍的表情，我所有的赌博，都在此刻。

阿珍抱紧了我，哭得像个孩子。是怎样的无助和失落才会让她哭成这样？是因为我放弃了她的援手吗？

我也抱了她。我知道我也要抱着她。得抱一会儿的。然后再推开她。

"能不能别去呢？你再想想。"她做着最后的努力。

"不能。除非老天不让我去。"出门后，我转身再对阿珍强调一遍，"你别跟着我。"

"你杀你的婶婶，不如我杀你的婶婶。"

听到这句话，我也没有确信自己已经逃过一劫。

就像当年的那件事。

简直如出一辙。

我希望随着时间，能把这一切缓慢地放下。

但这很难很难。

恨一个人，放不下。

杀一个人就能放下吗？

更不能。

你活着的每一天都会背负这件事。

9

"我收拾东西，待会儿就走。"阿珍和我回到房间后说。

"去哪儿？"

"去旅游。让我再偷一段时光。失去自由前的最后一段时光。"阿珍顿了顿，说："我想我可能会去自首的。"

窗外，火光已经闪耀夜空。

"是你的假期，也是我的假期。"阿珍说，"其实我多想你陪着我一起。但这不现实。"

"嗯。"我胡乱答应着。

我脑子里还很乱，但既然阿珍做了这个决定，完成了这件事，我已经徒呼奈何。

看着阿珍收拾行李的时候我想劝她留下来的。但似乎这会打乱所有的计划。

我在自己家走廊里抽烟的时候，大约有五分钟左右的时间，已经飞快安排了接下去的"工作"。

我还不能告诉阿珍我另有想法。

离别时分阿珍给了我最后一个拥抱。她像是一个天使一般，在我心里。我会为我的天使做点什么呢？

她转身下楼，我跟上前帮她提了行李。

叫车很顺利。司机是一个年轻人。我特意关注了一下。长得还挺像我。

我说："阿珍你看，这人跟我一样，嘴唇边还有一颗痣。"我指了指自己的那颗痣。

阿珍苦笑了一下，说："那就当是你送我走的吧。"

"我也想送的。"可我为什么不送阿珍最后一程呢？

因为我不知道阿珍去哪里。她应该是去火车站吧？

而且我要睡觉了。这一晚我太累了。我准备吃那几颗药力最强的安眠药入睡。看着对面的大火入睡。

大火熊熊燃烧，而我见死不救。

不，我准备救。

夜幕里，看着这辆车载着我的阿珍一帧一帧远离我，我仿佛看见自己在阿莫多瓦的电影里出演男主角。

在梦辉的大火之下，那辆车带着我的阿珍，疯狂逃窜。

第八章

1

刘警官打电话来。每次看到他的电话我都是心头一惊。

即便那晚我跟他的一顿酒，让我感觉我们一起经历了一些事了，在对方身上已经投资了一些情感了。我觉得可能对方打电话来是跟我交流一下案情，沟通一下信息。

但还是会担心。他是警察，我，我是什么？

"jaja 生日，一起聚聚？"刘警官在那边说。

jaja 生日了吗？我想一想，好像是。jaja 身份证上的生日是 6 月 10 日。但她说那个不是真的，她真的生日是冬天。

对，我记得她说她出生在冬天。

jaja 可能想见我，但又不好意思跟我开口，所以让哥哥邀请我。

"jaja 的意思吗？"我问。

"嗯，就当朋友一样，你有时间吗？明天晚上，六点半，惠友阁。"

"嗯，明天见。"

还是惠友阁，看来是刘警官买单了。上次他请我也是在这饭店。很熟悉了。

进了包房，看见一大桌子人。jaja 没有显得很热情，就跟我打了句招呼，说："你来了啊，坐。"

刘警官把我拉到他的身边。在座的除了他，我也不能依着别人了。

我一个一个看着，打量着。都是 jaja 的朋友吧，可是我竟然一个都没见过。

仿佛我跟 jaja 就没有正经恋爱过一般。她的好友，闺蜜，我竟然一个都不认识，既不知道他们的来历，也不知道他们的姓名。

气氛没有起来。每个人都挺拘束的。

"jaja 心情不是很好。"刘警官提醒我。

过生日，怎么心情不好？怎么了？我回忆着上一次见 jaja 时候的样子，以及再上一次见 jaja 时候的样子。一次，是她和我婶婶干架之后，一次是她为我婶婶送行之时。

"待会儿说。"刘警官低头喝了一口茶，然后让我也喝口茶。

我小心翼翼扶起茶杯。喝了。

菜还是那些菜。有鱼有肉。今天多了一个汤，一共两个汤。一个鱼汤，另外一个，鸡汤。

这就很奇怪了，一般点菜的人不会这么失误的。

"为啥点两个汤？"我发现了这个 bug，就随口说了一句。

身边的刘警官看了看我，说："我点的。今天想喝鸡汤。但我妹说这里的鱼头汤是 S 市最正宗的，必须给朋友们点上。"

"那这里的鸡汤怎么样？"

"我也想知道怎么样，不就点了试试看嘛。"

鸡汤是个敏感词。在我的词汇里。

"你不是说你帮朋友卖鸡汤嘛？"

我笑了笑，苦笑，我说："那个鸡汤是快餐，跟这种饭店里的鸡汤那是没法比的。"

"我还没喝过你说的那个鸡汤呢。你还有吗？下次送我几罐。"刘警官说。

我点了点头。

酒就比较丰富一些。好几种酒。我选了啤酒。不容易喝醉。

推杯换盏的时候开始了。jaja 的朋友们都还挺能喝。

酒精入胃，jaja 从一开始的闷闷不乐，到慢慢展示主角光环，敬酒敬了一圈。但跟我喝了两回。

她跟她的朋友们介绍道："我前男友，作家。"

她的朋友们起哄。

我还是那种尴尬不失礼貌的表情，我练习过。

反倒是刘警官，低调了很多。这样的场合，可能这是必须的。

两圈酒之后，我已经融入了这个集体。我已经能记得小张，卖珠宝的。那个菲奥娜，做金融的，刚从香港回来。

刘警官拉我出去抽根烟。

这饭店的包房，理论上不能抽烟但实际上能抽烟，烟民不少。想必是刘警官要找我聊点事。聊 jaja 为什么不开心。

饭店门口，灯光明亮。很多饭店为了让门头彰显，饭店门口的灯往往是最亮的。我俩站在门口，被灯光照耀着。

很好笑，我想到了那一首歌——《我的滑板鞋》。

有些事我都已忘记，但我现在还记得，在一个晚上我的母亲问我，今天怎么不开心。

那我就直接问了："jaja 今天过生日，怎么不开心？"

刘警官递过来一根烟，还很客气地给我点上火："现在不是开心了吗？"

"那是现在喝酒了。你前面说 jaja 心情不好，到底怎么回事？"

在我心里，jaja 不是忧郁的化身。但人经历得越多，就越容易这样。

刘警官好像早知道我要问这个。他仿佛在整理思路，但是一边看着我一边整理思路。

"你婶婶的案子。"他吸了一口烟。

"怎么了？有新进展吗？"

"后来成立了专案小组。你可能不知道。这种案子，说大不大，说小不小。但是成立一个小组，说明……"

"说明啥？说明破案慢了？"

"哎，我直接说重点。专案小组做了好几天功课，开了好几天会，现在定了四个嫌疑对象。"

"四个。"让我猜猜都是谁。我脑子里转了一圈。

我的脑子里只有一个对象。月光下我看到了自己的身影，有时很远有时很近。不，这还是那首歌。我得代入刘警官，而不是庞麦郎。我要代入警察的思路。

"最终，jaja 还是其中一个。"刘警官眼神悲伤。我仿佛能理解和共情这种悲伤。

"你告诉我干啥？"我不是很理解刘警官这个时候告诉我这么一个可以算是案情机密的事。

刘警官骂了一句说："这你不是都知道的吗？你不是看了那个监控吗？ jaja，她就是最后一个离开你婶婶房间的人。至少在监控里是这样。我告不告诉你，又有什么关系。我就是想告诉你 jaja 心情不好的原因。"

等一等，刘警官，你不用这么特意告诉我的。

"那另外三个是谁呢？"你既然都这么把我当自己人了，不如一起告诉我。你也打算告诉我的吧。

"你叔叔，也没有完全摆脱嫌疑。他有一定的动机和作案时间。但说实话，他目前嫌疑是有，但最小。"

嗯，我叔叔，我可以帮我叔叔作证。我做了的。他嫌疑最小，我心安。

"第三个，"刘警官突然转身，看了看我。

这时候起风了。风把地上的落叶卷了起来。S 市的冬天，路边的梧桐树就像是垃圾制造机。一地的梧桐叶，环卫工人怎么也打扫不干净。风把这些梧桐叶吹到我和刘警官之间。

我脑袋里产生了一些奇幻的感觉。仿佛这风，这落叶，都已经被定了形状。

刘警官眼神里有一些犹豫，甚至有一些慌张。但我的解读不一定对。可能慌张的是我自己。我自己看刘警官的眼神反而是犹豫的。没错，我是慌张的那位。

"惠友阁"三个字，被灯光打印在地上。我和刘警官站在两边，中间是一个"友"。当然，上面盖了一些落叶。如果这个饭店叫别的名字，那么中间这个字可能也是别的字。我是说，我跟刘警官之间，当中是什么字，完全是偶然。

"第三个嫌疑对象，是孙晓珍。"

我应该有什么样的表情呢？此时此刻，面对着刘警官的目光。我心想，真相就在眼前了，刘警官。

"啊？为什么？"我问。不问也不行。

没等刘警官解答我的问题，我又问："为什么会怀疑她？"

"你女朋友。你们俩都出现了。"

我没有点头，这个时候不需要点头。

我想，我是不是要再追问点什么，还是直接问第四个嫌疑人？我不知道怎么做更符合常理。

但是刘警官让我不必做这些纠结。他保持着看我的眼神，这眼神越来越诚恳，认真。

我突然意识到今晚刘警官控制着自己的酒，未必仅仅是因为这是他妹的生日餐，更是为了把这些信息告诉我。

用冷静的语气，用确定的口吻，告诉我。

"小火，你当晚也出现了。出现在梦辉。"刘警官有些丧气。

果然是我。

调皮的风此时没有那么可爱。它这时候不该吹起来。要吹，就狠狠吹。不要这么不轻不重地吹。

果然是我，我就是那第四个嫌疑人。但怎么会呢？哪儿出了问题呢？

不可能。我在监控里没看到自己。拜托。怎么会？我检查过了，没有在监控里找到我的任何影子。我花了几乎整整一天，去验证我的影子是否有被暴露。

我不在监控里。但我在人们的记忆里。

后来，我知道，刘警官让人指认了。

"当晚这个人是不是你见过？"

另一个刘先生犹豫了，但还是给出了确定的答案。

"在哪里见过？"

"见过两次。第一次是街上。第二次，是梦辉。我正好去上厕所，也看见了他。应该是他。他坐在楼梯间，坐了一会儿。我本来想上完厕所去问问，但我去厕所吐了。"

"为什么去吐？"

"警官，我那天喝了点酒，但没有喝到，喝到那种地步。等我厕所吐完，那个人不见了。就是这个人。"

一名警官对另一个同事说，喝了点酒。

说完四个嫌疑人，刘警官拉着我，不让我多做解释。

我思考了一会儿，决心用苦笑来化解这一切。

"你们警察考虑问题挺周全的。"我说。

刘警官拉着我已经进了包房。包房里的一切仿佛都没有变化，只有我注意到了一个细微的变化。

我的茶杯被收走了。

我想，我输了。

我也赢了。

警察的监控系统，要比梦辉的监控系统更全面。我确定了这一点。我和阿珍一前一后，出现在大街上，依然没有逃过天眼。

而我手里的两罐鸡汤，恰好被jaja提着，带进了我姊姊的房间。

那两罐鸡汤，罐头上，有jaja的指纹，也有我的指纹。

我能想到的，就是这些了。

这大火没有把鸡汤罐头烧毁吗？

那这大火还有什么意义呢，阿珍？

你救不了我。

而我可以救你。

2

活到现在，我一共坐过两次警车。第一次是在大学里，去为一个仗义的人仗义执言，为了弥补自己内心的亏欠。

第二次是我婶婶出事那天，我没有选择，我觉得必须知难而上。

没想到第三次坐上警车，这么快就来了。

没有警笛，警察把车停好，然后上了我家的楼，来到我家门口，敲门。

警员们问了我的名字，我说是。

他们个头很高，表情严肃，让我跟他们走。我想演一下惊讶的状态，但想了想，还是放弃了。

我知道他们不会没有任何把握就请我跟他们走一趟的。

尤其是当我看见他们为我准备了手铐时。银色的。

警察甩出手铐的时候，我心头一颗大石头终于落地了。

我的假期也结束了。

那天送别阿珍之后，我知道我的假期开始了。但这个假期有多久，没人告诉过我。我多么希望余生皆是假期。每天在家里打打牌，去跟邱老师吹吹牛，看看电影吃吃饭。但这是不可能的。任何事都有其代价。只不过有些代价来得晚，甚至没有利息而已。

我会偶尔想起这件事，然后劝自己放下，享受自由。享受这随时可能被剥夺的自由。

我被铐着双手坐上警车，回头看了看自己的家，又看了看对面的梦辉。

不知道要过多久，我才能再看到她们。或许再也没有机会了。

还是石门三路的派出所，在一个方方正正的审讯室，刘警官拖着沉重的脚步来了。我就知道是你。你是这个案件的负责人。你花了不少心思，甚至动用了你的感情。你成功了。

我也成功了。

"阿珍会以寻衅滋事被定罪。放心，不会很重。我记得你说过，第一人称写一个故事很难天衣无缝。其实人们犯罪也是。我们警察要做的，就是要找到那个缝。"

可是人生有很多缝隙的，刘警官。

我在认罪书上，按下了鲜红的手印。刘警官背后的几个年轻警察把我扶起来，搀扶着我走向一个空洞洞的房间。

听候发落。

刘警官坐到了我面前，此刻他不仅仅是警察，还像是上帝。他现在唯一要做的，是拥有整个上帝视角。事已至此，我来帮你完成。

作为被上帝审问的人，我先发问："怎么最后确定是我？"

我能看出刘警官那哀伤的表情。我知道，这代表他确实在某种程度上把我当成了朋友。对朋友施展了伎俩，人就会有这样的良心上的不安和哀伤。

但他很克制自己的哀伤。

"怎么最后确定是我？"我又问。

出于对我和他交情的尊重，我想是这样，他回答了我的问题。

jaja的鸡汤。刘警官给我看一张照片。照片上是几个指纹的对比。一个标记"茶杯"。边上写了我的名字。另外一个，标记是"鸡汤罐头"。写了jaja和我的名字，以及另一个人的名字。

鸡汤罐头上，除了jaja和你的指纹之外，还有另外一个人的指纹。

阿珍的。

我记得我问过阿珍，密室逃脱的要义是什么？

"哪有什么要义，都是设计好的。有一条路，你就当开了天眼，一条路就在那里，都是设计好的。"

"我们在审讯孙晓珍的过程里发现了问题，很多细节对不上。"

对不上就对不上呗。我心想。你到底是什么缘故，咬住了我？

"确认她没告诉你她自首的事。这是我们的突破口。然后我们进行了……"刘警官突然不知道该怎么说。

进行了什么?

"然后我看了你的小说。我很认真地看了你的所有小说。幸亏你也没写多少。"刘警官此刻还能开一个不大不小的玩笑。

我当然不能写多少,我心知肚明。

看起来是刘警官重读了我的书,研究了我书里的情节和动机,并认为那是破案的一种密码。

"知道为什么我会怀疑你吗?从见你那一天开始,我回去又把你的书买了回来,看。一开始我只是忘了你写过什么。后来,我读完,发现其中一本写了你从小和邻居阿芳玩火,你很好笑,你说那是爱情的火。另外一本写了你把你母亲毒死了。那次送你婶婶之前,我跟你提到了。我甚至认为那天我多嘴了。其实那时候我只是没有完全确定。"

"我妈不是我毒死的。"我说。

"对,是你当时的女朋友毒死的。"刘警官说。

不是那样的。

"你没写,但我读出来了。在小说里,你为她承担了罪名。虽然,你就是想毒死你的母亲,这样你就能和你女朋友在一起。这就是动机。所以,你毒死了你婶婶。"

那我毒死我婶婶是为了跟谁在一起?我内心在嘲笑刘警官。

"你毒死她,是因为你们已经不能在一起了。"

"为什么要说的如此直接,刘警官?"此刻我应该低下头,感觉被剥光了衣裳,感觉无地自容。

但我没有，我面带微笑，看着刘警官。

"然后我，我们，借了孙晓珍的手机给你发了消息。"

阿珍自首了，但手机会被没收。我知道。信息看来是刘警官发的，怪不得，原来是这样。刘警官用了盘外招，但他是警察，他用什么方法都是合法的，他就是法律的代表。他为了破案，跟我玩这个。但他赢了。

看上去是他赢了。

刘警官是职业警察，但我不是职业罪犯。有人说过，不能用自己的爱好去跟人家的职业拼。

犯罪不是我的爱好，我只是说这方面我还是业余的。自以为的天赋，其实远远不如一个职业带来的经验给人更多。

"再然后我们看了阿珍和你的聊天记录。"

"阿珍，上面这些聊天记录都删除。"我给阿珍信息。

"已经删了。"

"接下去，我发你一个文档，上面标记着我和你的对话，待会儿，我们按照顺序，把对话，发一遍。保存在手机里。然后把我这条和文档都删除。听明白了吗?"

"这样操作真的可靠吗?"

"可靠。如果直接的信息就可以被采用，我想他们没必要调用后台的信息。只能这样赌一赌。"

我知道阿珍的好，我接受了阿珍对我的爱，但我的心里，还装着一个过去的 bug。我没有用全力去表达我自己的那一部分。我是失职的，但我用那些违心的话语，试图掩盖我的失职。

"我们看到你让孙晓珍去买了敌敌畏。"

我想过让阿珍买敌敌畏。我对阿珍说："你要是愿意帮我，你就帮我去买这种毒药。"

阿珍拒绝了："我不想帮你杀人。"

刘警官他们在阿珍手机的购买记录里，找到了她的购买记录。我代付。那就是我买的。

"你的婶婶的死因，法医出了报告。有一部分是敌敌畏中毒。这就容易多了。你知道的。我们排查了近几个月敌敌畏的购买记录。孙晓珍认为自己误杀了你的婶婶。这就是破绽。她只满口承认了是她放的火。起初虽然我们还是不清楚她放火的真正原因，但仅凭这个，我们就认为孙晓珍不是真正的凶手。连误杀都不可能。有人在她放火后，杀了人。或者在她放火之前，已经杀了人。"

"当我们告诉孙晓珍你婶婶是敌敌畏中毒致死的时候，她很惊讶。这就是问题。"

"你必须惊讶。你不了解敌敌畏。而我了解。"

敌敌畏，我一千米以外我都能闻出它的味道。它的芬芳一直留在我的脑子里，它的毒，也一直留在我的脑子里。

"你还记得我告诉你，你婶婶是被毒死的吗？"

"记得。"

"你忘了敌敌畏，它只是中等毒药。"

"实际上，法医很艰难做出了判断，你用的不是敌敌畏。"

是敌敌畏，这是必须的。故事从哪儿来，就必须回哪儿去。只是，我用的不仅仅是敌敌畏。敌敌畏会让人痛苦地死去，我没有那么残忍，我还加了所谓的"失身水"。那是我为jaja做的。也不是，我毫无理由去怀疑阿芳陷害了jaja。我后来也相信这当中一定有误会。但这不重要了。我加那个玩意儿是希望，阿芳别跑了。就这样吧。你无力反抗这命运了。

"那jaja是怎么被排除嫌疑的？"

刘警官告诉我，jaja哭了一晚。可能是因为害怕，可能是因为别的。

"她钻到我怀里哭。她让我相信她。我能怎么办？我当然是相信她的。"刘警官说。

"她说当晚她拎着两罐鸡汤进了你婶婶那个房。还说这鸡汤包装怎么跟其他鸡汤不一样。确实不一样。她也没觉得里面是汽油。黑不溜秋的。盖子也没打开。她看到你婶婶瘫倒在沙发上，她还推了推你婶婶。没动静。她本来想拿着包就走的，后来看到地上有一把刀。她突然想，她说，她本来想吓唬吓唬你婶婶，让你婶婶说一句真话。承认她做的事。她说到这个觉得很后悔。刀把上有了她的指纹。幸亏法医鉴定结果出来得也算及时。她说她在你婶婶脖子上抹了一下。那刀真是锋利，一抹就出了血。她吓死了。然而你婶婶还没醒过来。不久你婶婶开始抽搐、口吐白沫。jaja还说看到你婶婶裙子下面有尿液。所谓的大小便失禁。这时候她已经意识到问题了。马上拎着包就跑了。她说她慌里慌张还把鸡汤给踢翻了。然后闻到了一股汽油味。但到了门口，可能是出于愚蠢的自我保护，她突然扮演了镇静。这也是一开始我最奇怪的地方。出门没多久，当她还在犹豫要不要报警的时候，大火已经开始烧了起来。她心存侥幸。她想，那个房间要是着火了，你婶婶就会被烧成灰烬，可能吧。那她也就能逃脱嫌疑。她就是这么单纯。她让我相信她说的一切都是真的。我当然相信我妹妹，对不对？"

谢谢jaja。你表现得也不错。

"是真的，"我说，"是真的。"

刘警官说："重大恶性案件，往往是因为情感冲动。凶手的作案动机，如果找不到，就不能定案。你叔叔和阿珍，我们就没办法定案。jaja，因为我了解她，我相信她。加上你叔叔不认罪，而阿珍认罪又太没逻辑——我认为她是个还算正常心理的人，所以我就很纳闷。以我们的经验，如果嫌疑人没有强烈的动机，那最后抓到的嫌疑人就可能是错的。"

"现在对了，是吧？"

"是的，交代吧。"

"我的动机是啥，你说说看，刘警官。"

刘警官吸了一口烟，皱了皱眉头，仿佛是铁案之下，我还在一直在给他出难题。

"现在，我觉得都通了。你可以继续在里面写小说了。"

"能写多久？会不会死刑呢？"

"那得看法官怎么判。"

"我的动机是啥？你还没回答我。刘警官。"

"要不还是你告诉我吧。"刘警官说。

"好。这是我一生中最好的一个故事。"

我编得最好的故事。

3

我知道人终将失去自由。或早或晚。很多人被一份工作绑住。很多人被家庭绑住。这些我都没有。但我被一件陈年旧事绑住。或许我因此从来没有获得过自由。我无法摆脱人生的一个错误给我带来的思想上的束缚，因此与自由告别。

一旦我说出真相，没有人会原谅我、体谅我。

死是自由了还是失去自由了，这个我还在思考，没有体验就没有发言权。我不知道我的母亲死后去了哪里，还是哪里都没去，她就停留在那一年，原地。

我妈死前三天，她看见了我和阿芳在楼下接吻。

我沉浸在阿芳甜甜的亲吻里。我们甚至还交换了唾液。她的唾液清香。每一次都是这样。我觉得这是她的魔法。无论她吃了鸡蛋还是肉，唾液都能保持她那清香的味道。或许她从来都不吃大蒜和韭菜。或许她一直会在和我接吻前嚼很久口香糖。她的舌头又软又湿润温暖。我享受着，突然我听到我妈的声音。

她当时就大喊了一声，喊的是不是我的名字我已经不记得了，可能是。然后这一声吓得我俩马上分开。

几秒钟之后，我妈跑下楼，出现在我们面前。确认四处无人，然后把我拎走了。那时候我个子已经挺高了，但还是被我妈拎着走了。

我想反抗，但没有勇气。

"你爸走了，你以为我就管不了你了吗？你以为我会不管你了吗？"我妈难得的，脸上的表情极其狰狞。

我妈吼我。她之前都很少吼我。我看见她的脸，好像就要裂开了。她的嘴巴从她的脸上飞了出来。她的眼睛从她的脸上弹射出来。

我就看了一眼，然后就低下我的脑袋，认输。

"你管得了我。你会管我。"我默念道。然后不知道为什么我还掉了眼泪。

可能是我妈的嗓门太大了。她飞出来的嘴巴环绕在我身体的周围，撕咬了我身体每一部分的自尊。

可能我对耻感天生特别有意识，但我不知道我那会儿的耻感从何而来。

是因为不能保护我懵懂的爱和甜甜的吻吗？

我不知道。我羞耻地活着。一直到现在。无比艰难。

4

阿芳死前一天,我也见过她。但她并不知道我去找过她。

我只是想去看看,我放在她那边卖的我朋友的鸡汤,是不是如我们所愿,广受欢迎。

天色已晚,我也是从后门上去的。保安,对,那天他在。后来知道他是刘经理。刘经理问我上去干吗。我说我找芳姐。

他挥了挥手,让我上楼。听到芳姐的名字,就像是对上了暗号。

到了梦辉,我一间房一间房路过。如果哪间房门恰好开着,我就会往里看看,客人们有没有在享受那鸡汤。

还真有。我很高兴。

V207,我看了看房号,居然放了一箱鸡汤在桌上。看上去客人买单了。

但是,奇怪的是那鸡汤是蓝色包装的。

对,那蓝色的包装让我惊呆了。我的脑子嗡嗡响。那是我朋友给我喝过的,我朋友公司的竞品。

他拆开包装，自加热，让我喝，并问了我这个鸡汤跟他的相比，味道如何，鸡块是不是更多？

我还没回答他，他就破口大骂："他妈的，都没几块肉，卖得还比我贵。"

我说："人家包装不错哎。你看这个设计，是不是挺好看的？"

"好看个屁。哪有蓝色的罐子吃鸡肉，喝鸡汤的？"

对，那天我看到了蓝色的鸡汤。我看客人们还挺欢迎。

怎么说呢？我应该是生气了。是那种无以言说，不知道向谁去倾诉的郁闷和冤屈。

阿芳，你不能这么对我。我们是亲戚，是曾经的爱人，也是共同守护一个秘密的同伙。我们是一伙的。

你去卖蓝色的鸡汤，这是背叛。你可以爱上别的男人，但是不能卖别的鸡汤。

第二天，我冲到阿芳的背后，抱住了她。

她一慌张把还剩下没几口的烟给掉到了地上。我想就是那个烟蒂。并没有人去纵火，jaja 没有，阿珍也没有。

婶婶大叫了一声，我就捂住了她的嘴。"别叫了。"我说。

这时候她已经乘机转了个身，面对面看着我。

我把手松开，她看着我，我也看着她。

她的眼神意思是，你想干什么？

而我，我想从她的眼神里看到，你是不是还爱着我，还在乎我。

没有，我没有看出这些，我只看到了一个陌生的眼神，仿佛这个眼神就从来没有在我的生命里出现过。

我把婶婶推到墙角。婶婶说："你别闹，小火，这房间没门锁的，随时会有人进来。"

我不怕。这有什么好怕的。你在怕什么，阿芳？

她开始摇头晃脑起来。甚至还跺起脚来。

而我要做的，就是凑近阿芳的嘴。我要吻她。

二十多年前，那时候我个子还比你小。你抱着我，吻了我。现在，我个子比你高了，我要吻你。

可是阿芳摇头晃脑更厉害了，且因为我已经松开了捂住她的嘴的手，她已经可以轻松喊叫。

她果然喊起人来。

我不太能听清她喊的是哪个保安的名字。因为我很快就用我的嘴把她的嘴给堵上了。

阿芳的嘴被我堵上了，而且被我堵得严严实实。

她倒好，也就这样保持着。任凭我怎么努力伸进我的舌头，都不打开她紧闭的双唇。

我越来越努力，把舌头变成了一个能钻地的仪器。

终于，我钻开了阿芳的双唇，甚至触碰到了她的舌头。

但令人意外的是，她的舌头非常冰冷。

哪个王八蛋写过，如果你在吻的时候发现对方的舌头都是冷冰冰的，僵硬的，那对方就是不爱你了。

在我还在努力搅动我舌头的时候，突然我的钻井工具就被阿芳的牙齿给咬住了。

我赶紧艰难撤退。好在，阿芳也没打算以此挽留。

我感到了钻心的疼痛。阿芳借机推开了我，而我并没有打算放弃，还在追着她。

这当中我们肯定有推搡，也有拉扯。我想刀子就是那个时候掉的。我想肯定是。

推搡和拉扯了一阵，她突然转身对我大叫："小火，你再乱来我可真的喊人了。"

此时此刻她已经逃到了门口，一只手搭着房门的把手，以此警告我，她只要打开房门喊一声，就能喊来梦辉的保安，把我赶走是没任何问题的。

"好。"我举起我的双手，代表我已经投降。

可我哪里会投降。

我只是在心里说，你死了，阿芳，再见，阿芳。

随后，我把另外一个口袋里准备好的药，洒进了阿芳的酒杯。

那无色无味的东西，当初就是你送走我妈的。当然，我加了一些利息给你。现在，都还给你。

我必须看着她喝下这杯酒。我已经很平静了，并且表现的也是如此。

当我坐回我的位置，阿芳也终于坐到了我对面。

我说："对不起了。"阿芳说："没事。"

我举起酒杯，代表赔罪。

在我一饮而下之后，她也像对待所有她的客人一般，和我干了杯。

我放心了。

临走前我对阿芳说："你嫁给我叔叔，没事；你不卖我的鸡汤，没事；你有了别的男人，也没事。甚至，你当年杀了我妈妈，也没事。但你心里没有了我，我很难过。"

阿芳说："别傻了。小火。真的别傻了。"

我嘴一歪，对我的婶婶报以永诀的微笑。

以上就是我交代给刘警官的，当天晚上发生的事。

"听着还像是小说吗？刘警官。"

"但这次是真的。"刘警官似乎很肯定。

我点了点头。这就是他要的真相，我除了点头还能干什么呢？

"再补充点什么给你吧。"我对刘警官说。

那一年秋天的某个黄昏，小镇的后街，一条无人问津的沟渠，因为没有了水源，就成了我经常去烧野火的"战场"。

天色渐晚，我点燃了路边捡来的塑料袋，和枯草枯木，让火光照亮我稚嫩的小脸。

我从裤兜里掏出了几个小瓶子，那里面有我这些天抓来的一些小甲虫。

阿芳来了。我们一起烧着火，看着火。

不久，我妈妈在远处叫着我的名字。远处我的妈妈，正在走向我俩。

"小火，该回家吃饭了。"阿芳抱了抱我，说，"你回去吃饭吧。"

我看着她，火光也照耀着她的脸。她的两只眼睛不大不小，刚好。她的双眼里有着两团正在燃烧着的火焰。

5

后来，我在阿珍的眼里也看见了这样的火焰。

我对阿珍说："你别傻了。如果你自首，一定记住，只承认纵火。万一万一有问题，纵火也不成立，你就说，是为了帮我。你是为了顶罪。一切一切，到鸡汤汽油为止。到纵火为止。这样，顶多你就是一个寻衅滋事，关不了一年两年。"

"小火，我对不起你。或许给你添麻烦了。"

"别傻了，你只是帮我干了一件我本来就想干的傻事。反正既然已经干了……"

这么多年过去了，我又做了同一件事。就是为了让心爱的人渡过难关，我选择自己独面难关。

我非常厌恶自己美化自己的这种说辞。但与此同时，我确定我愿意做我该做的事。

因为我知道这件事的本质。

虽然说服阿珍有点费劲，但总算她也接受了我的安排。

我卖掉了那辆车，很幸运，S市车牌新政策出台，电动车牌照依然赠送，但据说三年后就会停止这项补贴电动汽车的优惠。

因此随着行情我卖了个不错的价钱，足够抵掉阿珍的大部分债务。

希望阿珍能够好好的。

"我去过那里很多次，认识了小刘。所以……"阿珍说。

"不用说了。我都知道了。不要告诉我你们之间发生了什么，他为什么要帮你，冒了那么大的风险。"我说，"我真的不想听。"

"没有发生什么的，你放心。我只是利用了他。为了达到我的目的。"

"阿珍，没事的。"

"我也许并不值得你为我做这些。"

我沉默着。阿珍，你对我的好，我都记得。既然你要做这些，我只能用我自己的方式去回报你。

"可是你真是个小说家。你编的这个故事特别好。你甚至编出了细节。"阿珍努着嘴，又像是哭，又像是由衷赞美。

"哪个细节？"

"你说的，在你编的故事里你还强吻了你的婶婶。你感觉你婶婶的舌头是冰冷的，所以你确信你婶婶不爱你了，所以你决心杀了她。冰冷的舌头，这个细节特别好。"

阿珍有所不知，这是 jaja 告诉我的。而 jaja 是从一本什么破书上看到的。

"我早就想去杀了你婶婶了。在你第一次跟我说你婶婶毒死了你妈妈的时候。"阿珍说，"就是因为我爸去 KTV 认识了一个妈咪，我们家的一切都变了。我爸变成了另外一个人。所以，既然给了我这个机会，我只是借题发挥。"

当仇恨一个人的时候……我会产生危险的念头。但只是念头而已。可是事情已然发生。

"总之，阿珍，请你也让我帮你一次。真的，阿珍，你走吧。"我对阿珍说。

阿珍帮了我的忙，我要为阿珍背这个锅。我试试看。

"阿珍，请你接受我，接受我这么做。"

阿珍又哭成了泪人。

阿珍，你不明白的，我不想发生在十多年前的那件事，再一次发生在我身上。这会让我困顿一生的。

当时我对阿芳说："如果我妈不在了，也许我们就可以在一起了。"

那天，我妈狠狠抽了我一个耳光。

阿芳没对我说什么，但她做了一件让我悔恨、自责了这十多年的事。

我以为我要杀人。我幻想过杀人之后那苟且偷生的日子。那或许并不好受。

但这日子不再属于我，将属于阿珍。所以阿珍，希望你比我坚强。

"小火，你这样也是违法犯罪的你知道吗？"

"知道，我愿意为我的行为负责。我会是一个杀人犯的。"

第九章

三年后。

三年后我被提前释放。原因是，我是一例冤假错案的"受害者"。

我知道我并不是"受害者"。

我甚至是"受益者"。

可能，两者都有一点吧。

等待宣判的日子很难熬。监狱里的日子同样如此。

不过好在，这一切都过去了。

唯一让我感受到愉快的是，我把所有的"债"都还了，通过坐牢的方式。

这是我在这三年里唯一能安慰自己的理由。

在我得到释放前，被问到了一个最意外的问题。

"他们当时有没有对你刑讯逼供？"

我忙说没有。我想，如果我说有，那可就害人了。害人可不行。

我不想再害任何一个人。任何一个。

包括律师，也包括公安，包括监狱里的所有人，没有人知道，我就是积极"投案"，主动想把这口锅背下来。

与其苟且偷生，心虚着生活，不如踏踏实实进去。

总而言之，心甘情愿，没有什么比这四个字更让人舒服的了。

刘警官找到了我。不，是他在高墙的大门背后突然地出现。他好像等我很久了。

刘警官蓄了胡须，这是三年前后他唯一的变化。墨镜还在。他朝我招了招手。

于是我乖乖上了他的车。一上车他就对我抱歉地笑了笑。

"你也不能怪我。"刘警官说。

"没有。我自愿的，你知道。我也无路可走了就是。心想，我好好交代可能不会死刑。还真就是争取到了一个无期。"

"你们俩还真逗，本来她要坐牢的，你为她坐了。现在她坐牢了，她又把你从里面弄了出来，还给我们惹了不少麻烦。好在一切都终于前后贯通了——话说你这个无期，当年我可花了不少力气。"

"怎么说?"我诧异。

"我想保住你一条命。而你确实也表现出了足够的坦白。坦白从宽嘛。那个案子我一直就觉得有问题。"

"什么问题?"

"你还记得我跟你说过的那种动物吗？那种昆虫。"

"叩甲?"

"对。"

"作为罪犯，你当时表现得不太像叩甲。"

刘警官有所不知。动物界很丰富，也很复杂。有些动物，为了生死，背水一战；有些动物，为了感情，甚至为了内心的平静，也可以这样。

"刘警官，你是否已经知道了全部真相?"

"知道了我还来找你干吗?"

307

"好，那我说给你听。"

"如你所知，如我当时所交代的，我人生中的第一部电影是《泰坦尼克号》，我和我的婶婶因为这部电影结缘。但我人生中的第二部电影是《大话西游》。我后来确信自己爱上了阿珍。就是这样，我愿意为阿珍做这件事。我知道她有心结，但她是个好人。她不该去杀人，但她却这么做了。"

"天真又伟大。是不是？当时，我真以为你是个变态杀人狂。我还很庆幸，jaja 最后没跟你在一起。原来你不是。你只是天真。"

我苦笑了一下。我差点就是。只是阿珍替代了我。我想替代她，可惜只替代了三年。我没有告诉刘警官，阿珍是因为我才动了杀人的念头——或者说，她终于想到了可以用这种方法来复仇。而我和我婶婶的故事，有一大半是真的。

"你可能，喜欢性格极端的人，你婶婶就是那样的人。阿珍也是。其实 jaja 也是。作家？你们作家喜欢这样的人，然后是为了创作？"

"那也不是。可能就因为我是这样，才会选择写作？"我把问题抛给了刘警官。

"哎，不管怎么样吧。"刘警官继续开着车，"你看过《无间道》吗？"

"哪一部？"

"哦，对，我说的是第二部。'那一枪没有打死你，我们就注定是搭档，是朋友。'"

"泰国人对琛哥说的。"

"对，那个案子没有弄死你，我们就注定是朋友了。"

行吧。刘警官。

"作为朋友，我想说，你交代的故事里，还有一个 bug。"刘警官笑得诡异。

"怎么说？"

"阿珍的年龄问题，你说阿珍是你大学同学，但又说她比你小十岁。总之阿珍有时候是你同龄人，有时候又比你小一轮的样子。我当时就觉得这有问题。"

我很惊讶，这么久以来我都没有意识到这个 bug，真是我疏忽的。现实中的阿珍比我小八岁。但因为我已经爱上了她，所以在编造故事的过程中忽略了这个。

"阿珍会判多久？"

"那你得问法官了。"刘警官笑着。

这笑容并不让我舒服，我就别过头去。

刘警官似乎意识到自己笑是不妥当的。拍了拍我的肩膀。

"我佩服你，兄弟。jaja 找过的男人，还不错。"

我没有理他。你懂个屁吧。

"哎，小火，你说过以后会写我的故事，对不对？你以后还会写作吗？"

我好像是表达过这么一个意思，在刘警官面前。

"你就先写我如何抓住阿珍的吧。"

我沉默不语。本能自然是抗拒的。不过，我又特别想知

309

道这过程。

"有点为难，是不是？"

"我不知道能不能写好。我对阿珍的感情还在，无论她以前做过什么事，之后又做过什么事。"我说。

刘警官说，这三年里，阿珍害死了三个人。阴差阳错，直到阿珍又遇上了刘警官。被刘警官亲自抓获。

"你呀你，你以为你帮助了阿珍，其实你害了她你晓得不？"刘警官看着前方。前面就是跨江大桥。像一道彩虹一样。

我的生活好像能好起来了。

以前，我是苟且偷生。我认为。现在，一切就重新开始吧。

在我知道阿珍之后做的所有的事情之后，再重新开始吧。

"那你跟我好好说说阿珍后来那个案子吧。她是怎么被抓住的？"

"好。"刘警官一边开车，一边跟我讲起后来的事情。